宝刀

宝刀

邢庆杰 著

南海出版公司
2020·海口

图书在版编目(CIP)数据

宝刀 / 邢庆杰著 .-- 海口：南海出版公司，2020.8

ISBN 978-7-5442-8017-4

Ⅰ.①宝… Ⅱ.①邢… Ⅲ.①小小说—小说集—中国—当代 Ⅳ.① I247.82

中国版本图书馆 CIP 数据核字（2019）第 127834 号

BAO DAO

宝 刀

作　者	邢庆杰
责任编辑	李凤君
装帧设计	马顾本
出版发行	南海出版公司　电话：（0898）66568511（出版）（0898）65350227（发行）
社　址	海南省海口市海秀中路 51 号星华大厦五楼　邮编：570206
电子信箱	nhpublishing@163.com
经　销	新华书店
印　刷	北京军迪印刷有限责任公司
开　本	787 毫米 ×1092 毫米　1/16
印　张	14.5
字　数	143 千
版　次	2020 年 8 月第 1 版　2020 年 8 月第 1 次印刷
书　号	ISBN 978-7-5442-8017-4
定　价	69.80 元

微篇小说

时代记录

尚书房

目录

入学记

最近，郭玉宇有些烦。

临近开学，整天有人打电话找他，他关了机，仍有人拿着各级领导开的条子找到办公室来。他班也不敢上了，天天在家躲着。

郭玉宇是市实验小学的校长，虽然级别不高，但由于实验小学是全市硬件、软件都最好的小学，教学质量和各种特色活动更是全市闻名，所以，很多家长千方百计都想要把孩子送进实验小学。但学校的教室、教师都是有限的，本来五十多个人的班额，现在都超过七十个了，仍然满足不了通过各种关系找上门来的。每到招生季节，郭玉宇都像贼一样东躲西藏。

好不容易挨到了开学这一天，郭玉宇这才松了一口气。根据惯例，只要开了学，学生家长们就都另行择校了。没想到，他刚进办公室，就闯进一个人来。来人姓吴，是一家房地产公司的老总，手里拿着市教育局马局长的条子。郭玉宇皱了皱眉头说:“吴总，马局能给你开这个条子，说明你们关系不一般，可是，我真的安排不下了，不信，你去各班转一转看看，哪个班还能放下一张桌子和一只凳子，只要你有办法放下，我就把学生收下。”这是郭玉宇推辞学生家长的拿手好戏，一般只要说了这句话，学生家长就会知难而退了。谁知，这个吴总竟对郭玉宇笑了笑说:“那好，我这就去看看，给我儿子找个位子。”

一直到下班，吴总也没回来，显然，他没能给自己的儿子找到位子。

郭玉宇在路边等出租车。正赶上交通高峰期，郭玉宇在路边站了足有十分钟也没打到车。他正想步行一段，就见一辆出租车打着右闪光灯从对面靠了过来。郭玉宇一喜，近了，心又凉了，车上的“空车牌”没翻，看来车上有人。正想离开，车窗玻璃摇了下来，司机冲他喊:“郭校长，上车。”郭玉宇一看，竟是老熟人大李。他上了车，问道：“你车上没人，怎么不翻‘空车牌’？”大李说：“老远就看见你了，担心翻了牌后被别人拦住。”

郭玉宇坐大李的车坐了一年多了。他住的那个小区，比较偏僻，上班打车要步行走到主街道上才能打到。但自从坐了一次大李的车后，他每天早上从小区出来，几乎都能碰到大李，这节省了他不少的时间。大李人很实在，从郭玉宇住的小区到学校，本来是六元钱的车费，大李每次都坚持收五元，说是挂个常客。他还给郭玉宇留了手机号码，让他找不到车时就给他打电话。但郭玉宇从未打过，他觉得人家为了区区五元钱，再从别处赶过来太不划算了。

下午一上班，郭玉宇就接到了教育局马局长的电话。放下电话，他头疼起来。局长给他下了死命令，想什么办法也得把吴总的孩子安排下。正一筹莫展，教导主任进来了，给他带来一个好消息，一年级二班有一个学生家长已经成功移民澳大利亚，要给孩子办退学。这可真是雪中送炭，郭玉宇激动得差点儿跳起来。他让教导主任拿来一份入学通知书，按局长条子上的名字填好，正想打电话通知吴总来拿，转念一想，不能这么快就让那个吴总得逞，免得他得意，抻他几天再说吧。

这天一早，郭玉宇去省城参加一个会议。因为要赶火车，他走出小区时，天还没亮。经过一个狭窄的胡同时，从暗影里走出三个人来。其中一个问："你是实验小学的郭校长吗？"郭玉宇感觉不妙，惊问："你们要干什么？"来人冷笑道："你得罪了人，有人要我教训教训你！"说着话，猛然把一条麻袋套在了他的头上，把他按在了地上。忽听有人大叫："快来人啊……抓歹徒了……"郭玉宇奋力将头上的麻袋拽下来，见一个强壮的身影正和三个歹徒撕打在一起。旁边停着一辆出租车，借着车灯的亮光，他看清那个强壮的身影竟是大李。他奋力冲了上去，边撕打着边大声呼救。那三个人见势不好，甩开两人，夺路而逃。大李捂着肚子，顺着墙根溜到了地上。郭玉宇凑近了一看，大李的手上全是血。大李大喘着粗气说："这儿……挨了一刀……"话没说完就昏了过去。

在医院里，郭玉宇对已经脱离危险的大李说："那天多亏你了，不过，怎么会那么巧呢？"大李的妻子说："郭校长，其实，这一年多了，他每天一大早就在那儿等你，看见你出了小区，就跟上去，别人招手他也不停下。"郭玉宇非常吃惊地问："为什么？"大李叹了口气说："郭校长，不瞒您说，我是想尽量多和您相处，和您熟起来……我……我儿子今年也要上小学……当官的我一个也不认识，我想……求您收下我的儿子。"郭玉宇恍然大悟，怪不得，每天早上总能"碰"上他，原来，他每天都特意等在那里呀。看着大李身上浸着鲜血的绷带，他有些心酸地问："为了让孩子上我们学校，你耽误了这么多工夫，又少挣了这么多钱，值吗？"大李含着眼泪说："郭校长，我是从偏远的农村来的，我们那儿的教育很落后，我这一辈子是完了，可我不想让孩子再输在起跑线上，我……我要让他和城里的孩子一样，上最好的学校……"

这一天，郭玉宇上班的第一件事，就是把那张入学通知书的名字改了过来，改成了一个农民的孩子。

几天后，案子告破，吴总因雇凶伤人而被刑事拘留。

白　鸦

那对白色的乌鸦从空中扑向他的一瞬间，朱老三从梦中惊醒了，直挺挺地坐了起来，脸上、身上全是汗珠子。

窗外，电闪雷鸣，雨声如瀑。

奇怪，好多年前的事了，咋又梦见它了呢？

朱老三翻身下了床，右腿画着半圆，一瘸一拐地走到饭桌前，给自己倒了一杯白开水。

大前年的一天早晨，朱老三起床的时候，右腿忽然就不听使唤了，西医、中医都看了，打了无数针，吃了无数药，大半辈子的积蓄都花光了，也没治好。

朱老三重新躺到床上，却再也睡不着了，外面的雷雨声倒没影响他，他的脑子里，全是那对白色的乌鸦。

朱老三是个护林员，已经干了二十多年了。护林员主要职责就是防火防盗伐。盗伐树木是要入刑的，所以，真的敢来伐树的人并不多，最让他头痛的，是那些来砍树枝的半大孩子，他们专瞅他中午打盹儿的时候，选个离他远一些的地方，猴子一样上了树，专捡手腕粗细的大树枝子砍。等他听到动静赶过去时，他们早就拉着树枝跑远了。

那年月，农村穷，老百姓买不起煤，冬天取暖做饭，全靠晒干的树枝子这种“硬柴火”。自家的树枝不够烧的，就都打起了集体林场的主意。朱老三原则性很强，他自己决不上树砍树枝子，而是用绳钩子把树上已经枯死的树枝子钩下来用。这样当然不会收集到大量的柴火，但朱老三还有一个办法：拆鸟窝。一个硕大的鸟窝，足够一家人烧多半个月的。这是朱老三的特权，因为鸟窝都筑得非常结实，短时间内是不可能弄下来的，别人都没有机会。

那年冬天，朱老三的儿子刚刚出生，家里那三间四面透风的房子更需要取暖。他就把留了多年的一个最大的鸟窝拆了。那个鸟窝足有一间房子那么大，他从中午一直拆到太阳西斜。拆到最里层时，竟有了意外的收获，里面有四只鸟蛋。他把鸟蛋放在口袋里，就顺着树干溜了下来。

朱老三用地排车把拆下来的柴火运到家里时，太阳已经落山了，整个天空红彤彤的，让寒冷的冬天有了一丝暖意。他正从地排车上往下卸柴火，忽然面前掠过一阵冷风，他下意识地缩了缩头，一只鸟儿贴着他的头皮飞了过去，头皮火辣辣地疼，用手一摸，满手掌的鲜血。他惊恐地抬起头，恰好看见两只白色的影子冲他俯冲了下来！他从地上抄起一根木棍，迎面抡了出去！鸟儿惊叫着，留下了几片白色的羽毛，落在了对面的房顶上。是乌鸦，两只罕见的纯白色乌鸦，冲他愤怒地鸣叫！他忽然明白了，下午拆的鸟窝，应该是这两只白鸦的，它们来寻仇了。

那天晚上，他把四只鸟蛋煮了，给妻子补充营养。两只白鸦在他的屋顶上叫了一夜，吵得他和妻子一夜都没睡好，孩子更是不停地哭叫。第二天一早，孩子发了高烧，请来村里的赤脚医生，折腾了一天，也没让孩子退下烧来。第三天，等他把孩子送到镇上的卫生院时，孩子已经没有呼吸了。妻子当天就精神失常了，几天后在村后的河里淹死了，不知是失足，还是投河自尽。

朱老三把鸟枪装满弹药，开始找那两只白鸦寻仇，但那两只白鸦再也没有出现过。

天快亮的时候，朱老三打了个盹儿，醒来时太阳已经一竿子高了。

推开屋门，朱老三吃了一惊，门前的水洼里，躺着两只白色的乌鸦。望着曾经的仇家，朱老三竟没有丝毫复仇的快感，而是从心底升起一阵兔死狐悲的伤感：它们也老了，经不起大的风雨了。

他踩着一地的泥泞，走出院子，吃惊地发现，院外的小路上，也躺着十多只死鸟，有燕子、麻雀、啄木鸟……昨天晚上的风雨太大了，无家可归的鸟儿都被风雨打了下来。

把所有的鸟儿都埋葬之后，朱老三的心情变得异常沉重，脑海里不断闪现二十几年来他拆除的那一个个鸟窝，他第一次感觉到，那不但是谋财害命，也是作孽……

朱老三开始行动，是三天以后的事情了。他找出了祖传的木匠家什，伐倒了两棵枯死的榆树，用大锯把它们拆成板子，就开始在护林屋里制造鸟窝。他有祖传的手艺，整个鸟窝，没用一颗钉子，所有的木板都是用榫卯扣起来的，板子之间的缝隙全部用蜂蜡封得密不透风。鸟窝的出口处，上下各安上一个巴掌大的平板，上面的遮雨，下面的供鸟儿站立。他对自己设计的鸟窝非常满意，就按这个样品，日夜不停地做，困了就睡一会儿，饿了就啃个馒头，喝点开水。一个多月后，他把所有的木板都用完了。他数了数，共做了四十八个鸟窝。

朱老三休息了一天，炖了一只自己养的老母鸡，美美地犒劳了自己一下。

他觉得自己体力恢复了，就扛着一把轻巧的竹梯子，把鸟窝一个一个地安在林场的树上。他的口袋里装着泡透的小米，每安好一个鸟窝，他都撒一把在鸟窝入口的木板上，用以吸引鸟儿来这里安家。

朱老三用了十几天的工夫，才把四十八个鸟窝均匀地安在了林场的各个部位。最远的地方，离护林屋有三四里路。在来来回回的路上，他欣喜地发现，最早安装的几个鸟窝，已经有鸟出入了。

在安装完最后一个鸟窝回来的路上，他忽然觉得有什么地方不太对劲，停下来想了想，却想不出有什么不对劲，就不再想，继续走了几步，才发现，自己的右腿不知什么时候不画圈了，恢复正常了。

他的目光停在一棵枯死的槐树上，在心里估算着能做多少个鸟窝。

漫长的守望

五合村的疯子小陆病倒了。他已经疯了近二十年，体格却一直很好，没想到在儿子刚结完婚第二天，就卧床不起了。

小陆其实已经年过半百了，只因他二十多岁那年倒插门做了老绝户陈地主家上门女婿，开始被叫作“小陆”，就一直叫了几十年。

陈地主不是真正的地主，因为他从年轻时脑袋中间的头发就脱落了，露出一个圆圆的油亮的秃头顶，很像某些电影里地主的形象，从小就被戏称为“陈地主”了。陈地主在五合村是独门独户，偏偏又人丁不旺，婚后忙活了几十年就落下一个闺女小梅，后来经人撮合，就招机械厂的修理工小陆做了上门女婿。小陆是外乡人，父母双亡，因为没有亲人，在单位也不好找对象，所以两下里一拍即合。

出事那年，小陆和小梅已经有了两个孩子，女儿秀秀，刚刚初中毕业，长得像她的名字，极秀气。村人们都说是继承了小陆的基因。小儿子旺旺，在本村上一年级。

秀秀被村里的无赖崔九盯上了。

崔九是光棍一个，父母双亡。崔九已经几进“宫”，村里人都记不清了。他整天没事就在村里瞎转悠，瞅机会不是偷东西就是占女人便宜。有的女人吃了亏，也不敢声张。因为传出去了，崔九是什么也不在乎，坐牢也无所谓，女人的名声可就完了。所以，崔九欺负起女人来，有些有恃无恐。在五合村，只有两个人他不轻易招惹，一个是村主任，另一个是在县公安局看大门的老魏。村主任能扣他的救济粮，那是他活命的唯一资源。而老魏，整天穿着一身没有徽章的旧警服，他看了就眼晕。除了这两个人，其余人都不在他的眼里。那一年，他偷了司老大的两只鸡，吃了鸡后随手就把鸡毛扔在了自家门口，示威一般。司家是村中最大的家族，为首的司老大叔伯兄弟就有二十几个，村里人都不敢招惹司家。司老大叫了七八个院中兄弟，把崔九摁在当街，连踹带踢，狂揍了半天，他也没服软。当夜，司家这七八户人的麦秸垛、玉米秸全部失火。司家人报了案，派出所把崔九抓起来审了好几天，他死不认账，又没有证据，只好把他放了。他被放出来的当天深夜，又砸了司家那几家人的窗户玻璃。司家怕他没完没了地祸害他们，只好吃了个哑巴亏。从那开始，司家人也不敢碰他了。

崔九盯上秀秀后，没事就在小陆家附近转悠，只要遇上秀秀，就连抱带摸，吓得秀秀整天不敢出门。小陆和小梅很是担心，如果被崔九得逞，崔九坐牢杀头都不在乎，那闺女可就毁了。但是像他们这种独门独户的，是斗不过崔九的，两口子只能是严防死守，不让闺女一个人出门。

出事那天，是个夏天的中午，人们还都在睡晌觉。小陆本来已经去上班了，走到半路，发现平时挂在腰里的钥匙串忘在家里了，那上面有车间工具箱的钥匙，没有它，下午什么也干不了。他只好返了回来。

一进院门，他就觉得不对劲，农村人睡晌觉，是不关屋门的，他走的时候也就没关，可刚走这一会儿，屋门竟然紧紧地关上了。他支好自行车，迫不及待地推开屋门，当时就呆了。崔九正在撕扯秀秀的衣服，秀秀拼命抵抗，妻子满脸是血，躺在炕下哭泣。

小陆大喊了一声："住手！"上去一把将崔九从炕上拽了下来！

崔九见是小陆，并不紧张，嬉皮笑脸地说："你不是走了吗？咋这么快回来了？"

一句话让小陆明白了，他一直在盯着他们这个家。

崔九大摇大摆地出门时，还回头笑了笑说："小陆，你总不能把闺女穿在裤腰带上吧，只要俺看上的，还没有到不了手的。"

小陆就从抽屉里摸出了一把螺丝刀，紧紧跟在了崔九后面。等崔九刚迈出大门，他一刀从后心捅了进去！

崔九“啊”地惨叫了一声，惊异地回头看了小陆一眼，就倒在地上，身子扭了几扭，不动了。

小陆坐在崔九的尸体上，哈哈大笑起来。村里很多人闻讯围上来和他说话，他也不搭话，只是笑，一直笑到警车把他带走。

一个月后，小陆被放了回来。

老魏捎回来消息说，经过司法调查和鉴定，小陆杀人时是遗传性精神病突发，据调查，他的母亲就是精神病发病期间自杀的，所以，免除了刑事处罚。

村主任怕小陆犯了病再杀人，就和小梅商量，要把他送到精神病院，小梅以死相抵，并承诺将他关起来。

被关在西屋里的小陆，只是一个人时傻笑，来人看他时他也傻笑，并没有什么过激的行为。后来，小梅就把他放了出来。

恢复自由的小陆，就在自家门口一带活动，从不远行。每天，他不是坐在门口冲过往的行人傻笑，就是坐在大门对面的河边上对着河水喃喃自语。久而久之，村人们都习惯了他的这种存在方式，也没人怕他，有的人闲下来，还逗弄他玩，寻开心。但是，他对任何人的反应只有一个：傻笑。

厂里同情小陆的遭遇，一直给他发着工资。这些工资，加上小梅地里的收入，把两个孩子慢慢抚养大了。先是秀秀结婚，嫁给了本村司家；后来，儿子旺旺也结了婚，媳妇也是司家的。

小陆病倒后的当天晚上，让小梅把闺女和儿子都叫到床前，用低沉的声音说：“以后，你们一定要好好孝敬你妈，你妈她不容易……”

话未说完，就永久地闭上了眼睛。

旺旺惊奇地说：“俺爹不疯了！”

小梅抹着眼泪说：“你爹从来就没疯过，你们大了，他也累了……”

搒头者

整个沙河镇，有不知道县太爷叫什么名字的，但提起“搒头的吴疤瘌”，却是妇孺皆知。

沙河镇位于黄河中下游平原的鲁北地区，是个千年古镇。“搒头”这个乞讨行业，在很多地方已经销声匿迹了，好多人都不知道“搒头”是什么意思了。但在沙河古镇，因为有吴疤瘌的存在，搒头仍未失传。

说白了，搒头就是恶讨。搒头者右手持一把牛耳尖刀，在各个店铺、摊位之间转悠。待相中什么，便伸出左手讨要，若主家不给，搒头者右手的尖刀就会放在额头上，轻轻一划，顿时血流如注。这一下主家可就倒了大霉，不但要给出事先搒头者相中的东西，还要赔上一笔医药费，好言好语地送走，否则，一个鲜血淋淋的人站在店铺或摊位前，晦气不说，生意也没法做。所以，一般的生意人，是不会让剺头者真正见血的，那样对谁都没好处。

人们对剺头者是又恨又怕，但毫无办法。这就是个乞讨的行当，自古以来，无论改什么朝换什么代，也没听说过不允许乞讨的。

但吴疤瘌却不太讨人嫌，他从不要贵重的东西，几个包子，两棵葱，或残羹剩饭，填饱肚子就行。但总是有些奸猾的小生意人，想一毛不拔，这就恼了吴疤瘌，不但当即剺头见血，而且事后天天去那里乞讨，直到主家告饶为止。

吴疤瘌剺头，总在额头右上角这个地方下刀，这个地方新伤旧伤不下几十次了，形成了一个拇指粗细的明疤，约有一寸多长。如果多日不曾剺头，这个疤痕便越来越亮，越来越鼓。熟悉吴疤瘌的人都知道，这时候千万别招惹他，他伤口越亮，就是越痒得难受的时候， 稍有不顺便会下刀。而逢这种状态下，吴疤瘌也总是找些平日里不太厚道的奸猾之人乞讨，往往会得到比平时丰厚的馈赠。

沙河镇忽然多了几个穿黑色皂衣的官差，整天在菜市场附近转悠，把在路边摆摊的小贩全集中到商铺较多的一条街上来了。

自从有了官差，沙河镇的街上变化很大。首先是街面整齐了，卖东西的按官差们画的白灰线，齐刷刷排成一溜儿，不像以前，大家都争着往前出摊，争来争去就出到了路中间，耽误走路不说，摊主们还经常因为这事儿闹矛盾。因此，镇上的人都说，这些官差来得真是时候，是为我们做好事来了。

官差们倒不管吴疤瘌甃头的事儿，闲下来时，还逗他几句，寻寻开心。

但不久，官差们忽然在街头贴下一张布告，要求十天之内，所有沿街商铺的招牌要全部换成新的，而且要统一颜色和尺寸，招牌上的字，一律请镇东头的书法家高大书题写。布告下还有警告，如有违抗者，一律封门。胆子小的，当即就拆了招牌，按布告上的要求做了新的牌匾挂上。也有胆子大的，对布告不予理睬。但十天刚过，所有没有按要求做新牌匾的商户，全被强行封门，贴上了盖着大印的封条。官差中，为首的是一个瘦长脸，态度十分蛮横，哪一个稍有怨言，轻则鞭打，重则押走关进牢房。这样一折腾，无人再敢不从。不久，镇街上的商铺招牌全部换成了黑底红字，字体是清一色的隶书，却写得有形无神，多有描过的痕迹。后来，有人打探到消息，这写字的高大书，是瘦长脸的岳父。

不久，镇街上又有了新的变化，以前的露天摊位全部搭成了简易的商铺房，每间有五尺多宽，都或租或卖给这里的商户。但有些做小买卖的，像卖豆腐的、卖豆腐皮的、卖花生瓜子的、卖针头线脑的，本小利薄，根本买不起，租吧，每月挣不了几个钱，除去租金就所剩无几了。这些人，就只好挑着担子或推着独轮的货车边走边叫卖。正常时间，他们不敢在繁华的大街上露面，就拣些小巷子、城边子转悠。但在这些冷清的地方，根本卖不出多少东西，他们就在中午或傍晚，乘官差们吃饭喝酒的当口儿，大着胆子跑到镇街上来，找个人多的地方停下来，痛痛快快地销出一些货物。有时会被官差抓住，少不了把人和货物全部扣下，交足了罚金才会罢休。

吴嫂是卖豆腐的，她丈夫早年病死，给她留下了一笔不大不小的债务和两个不到十岁的儿女，日子着实艰难。她每天起早贪黑，做五斤黄豆的豆腐，勉强能卖完，用以一家三口的生计，再从牙缝里省出一点儿，慢慢还着丈夫留下的债务。但自从镇上有了官差，她的日子就更雪上加霜了。她既买不起那商铺，也租用不起，只能走街串巷地叫卖，中午或晚上，她也和那些小生意人一起，偷着到镇街上去卖一会儿。

吴疤瘌因和吴嫂的丈夫同姓，经常半开玩笑地喊她“本家嫂子”，知她不容易，从不曾向她乞讨。

这天中午，吴嫂眼瞅着几个官差进了城边的一家狗肉馆，就将她的豆腐车推到了镇街上。她整整一个上午没卖出一块豆腐，几十斤豆腐都在独轮车的木槽里一动未动。

她刚放下豆腐车，就有几个常客围上来买。但就在这时，几个官差忽然就赶了回来。小贩们一边喊着“快跑”，挑担的挑担，推车的推车，刹那间跑得干干净净。吴嫂没来得及跑，被几个官差围住了，有两个推着她的豆腐车就走，吴嫂上前去夺，被瘦长脸一脚踹翻在地，然后转身就走。吴嫂爬起来，追上去，跪趴在地上苦苦哀求："几位大人，俺们一家三口，就指望这点儿豆腐呢，你们给没收了，我们就得饿死呀！"

几个官差不为所动，推着豆腐车，绕过吴嫂想走。这时，吴疤瘌正赶到这里，他赶紧拦在几个官差面前，赔着笑脸说："几位爷，这位大嫂守寡多年，拉扯着两个孩子，确实不容易，你们放她一马吧！"

瘦长脸骂道："臭要饭的，你算哪根葱！"飞起一脚，将吴疤瘌踹了个仰面朝天！

吴疤瘌站起来，忽然用刀在自己的额头重重地嫈了一下，鲜血顿时顺着面颊流了下来，半张脸都是红的了，显得十分狰狞可怖。几个官差却不害怕，那个瘦长脸冷笑着说："嫈自己算什么本事，你若有种，就将我嫈了！"

吴疤瘌怒目圆睁，举起嫈头刀想上前拼命，被吴嫂在后面死死抱住，吴嫂哭着说："别犯傻呀大兄弟，为了这点儿豆腐，不值！"

几个官差乘机围上来，夺了吴疤瘌的嫈头刀子，扔在了地上，然后将他按倒在地，一顿狂踢乱踹，吴嫂哭喊着上前阻拦，却哪里拦得住，直到吴疤瘌一动不动了，几个人才推着豆腐车子扬长而去。

吴疤瘌醒来的时候，发现自己躺在吴嫂家的炕上，两个孩子一左一右趴在他身旁，两双亮晶晶的小眼睛正怯生生地看着他。吴嫂看他醒了，就把熬好的豆腐汤端过来喂他。他本想接过来自己喝，一动，却浑身剧痛，只好由着吴嫂来喂。

半月后的一天，吴疤瘌康复了，喝了半个月的豆腐汤，他的脸色红润了，竟似胖了一些。吴嫂出门去卖豆腐了，两个孩子在家挑黄豆，为明天磨豆腐作着准备。吴疤瘌摸摸两个孩子的脑袋，一句话也没说，就走了。

当天深夜，吴嫂听到屋里有动静，就下了炕，掌灯围屋里看了一圈，没看到人影，却发现窗台上放着一个布包，打开一看，里面全是钱，多得足够她们母子三人用一辈子的。吴嫂吓坏了，赶紧将钱塞进了炕洞里。

第二天一早，镇上就传遍了，昨夜，几个官差全被割了喉，他们收了几个月的官税也不知去向。

人们都怀疑是膀头的吴疤瘌干的，来办案的公差也这么推断，但他们找遍了整个小镇，也没见到吴疤瘌的身影。后又到吴嫂家去寻线索，发现吴嫂一家三口也不知去向。

这桩案子就成了悬案。

电子时代

2004年5月的一天上午，服刑五年的齐小强出狱了。

齐小强提着简单的行李，刚走出监狱的大铁门，一辆老款的帕萨特就停在了他的面前，他以前的“老大”胡非从车里探出头来，拍着双手说：“欢迎兄弟出来！上车！哥们儿给你接风！”

齐小强知道，胡非并不是来给他接风的，他还欠胡非两万块钱，这是来讨债的，他人虽然出来了，还得跟着胡非“工作”，弄钱还债。

上了车后，齐小强见前面是一个光头开车，胡非坐在他旁边，怕他动手打自己，就主动说：“欠大哥的钱，已经有了着落，马上就给大哥。”

胡非重重地拍了一下他的光脑袋骂：“吹牛吧你！你刚出来，哪有什么着落！”

齐小强胸有成竹地说：“放心吧大哥，兄弟虽然折进去了，但为了还大哥的钱，有一笔买卖，我一直顶着没说。”

胡非这下有点儿相信了，放低声音问：“什么买卖？”

齐小强神秘地笑了笑说：“去我家，到了你就知道了，半价处理，也值个十万八万的。”

胡非说：“你进去后，你媳妇就跟人跑了，你家早成狗窝了。”

齐小强说：“没事，我埋在院子里了。”

齐小强的家就在城边的一个小村子里。三个人进了院，院子里杂草已经疯长了一人多高，屋门大开着，屋子里也空荡荡的。

齐小强找了一把锈迹斑斑的铁锹，在窗台下面挖了起来。一会儿，就挖出一个密封的木头箱子，三个人一起把箱子抬了出来。

箱子打开了。齐小强正一脸兴奋，胡非忽然扇了他一记响亮的耳光！

齐小强一愣：“大哥，你咋打人？”

胡非说：“你还有脸问，这是啥东西？”

齐小强说：“这是汉显的BP机呀，整整一百台，两千多一台呢，按半价处理，也得十多万呀！”

胡非苦笑了一下说：“你坐监狱坐傻了，这玩意儿早淘汰了！白送都没人用。”

齐小强一下子傻眼了：“都不用了？”

胡非掏出手机在他面前晃了晃说：“现在都用这个了，已经普及了！”

齐小强不甘心地问:“那这二十多万的东西，真的一文不值了？”

“怎么一文不值？案值仍然是二十万！”

三个人回头一看，天哪，院子里不知何时进来五六个警察。

原来，齐小强在入狱前交代不彻底，警方一直盯着他呢。算准今天是他出狱的日子，猜他会起赃，就暗暗跟着他。

市值已经几等于无的一百台汉显 BP 机，在案值上一点儿也没有贬值，齐小强又因盗窃罪，案值二十万，被判入狱三年。

鸟语花香

王建设在这片草丛中藏匿三天了。草丛边缘是公路，公路对面，是一个废弃的荒村，墙上都用红字写着大大的“拆”字。显然，这里将搞开发，到处是荒弃的庄稼和成片的野草。他不敢往远处跑，他觉得火车站、汽车站早就布满了警方的天罗地网。

事情过去三天了，他的头脑也冷静下来了，悔恨像一条毒蛇，撕咬着他……

从妻子对他日益冷淡到不闻不问，他就知道自己的婚姻有了问题，心里已经作好了某种准备。但当他真的看到妻子和另一个男人在他的床上时，他仍然觉得非常意外，他拿起一把水果刀，对忙着穿衣服的两人一阵乱砍！那一男一女惊恐和愧疚的目光，让他一辈子也忘不了。他疯狂地砍，鲜血飞溅，床上、墙上、地板上到处都是鲜红的血……

……太不值了，为了一个背叛自己的女人，把自己弄成了一个杀人逃犯。如果当时能理智一些，适当教训一下这对狗男女，然后，离婚，从这场名存实亡的婚姻中走出来，再去寻找自己的幸福……

现在，想这些已经为时太晚了。眼下最现实的问题是，他已经三天三夜没吃东西了，必须找点儿吃的了。

夜深了，村前公路上的车辆已经稀少了，他爬出草丛，悄悄潜入了荒村。

家家户户的大门都敞开着，像为了专门迎接他这个不速之客。他打开打火机，小心翼翼地走进靠近公路的一家。屋门也开着，像张开的一张黑洞洞的大嘴。他轻手轻脚地潜进去，借着微弱的光芒，见屋内一片狼藉。他绕屋里转了一圈，又到厨房搜索了一番，一点儿能吃的东西也没找到。他又进入了第二家、第三家……一直找了五六家，仍然一无所获。他绝望了，正想离开时，忽然听到了一阵微弱的呻吟声。他吓了一跳！村里竟然有人！想拔腿跑时，他又站住了，他想，有人，就有吃的。

他循着时断时续的呻吟声，找到了一处高大的宅院，大门开着，他慢慢走进去，听到呻吟声是从屋里传出来的，有灯光从窗口和门缝里溢出来。

他咳嗽了一声，小声问："请问，屋里有人吗？"

一个浑浊的声音传出来："是谁回来了？快进来！哎哟……"

他听出是一个老人的声音，大着胆子，推开了虚掩的屋门。

床前的地上，躺着一位头发花白的老人，正努力地抬起头，看着他。

他正不知说什么好，老人焦急地说：“快快！快报 120，我胃疼得钻心。”

这时，他看到了老人旁边的一摊鲜血。

他下意识地摸了摸口袋里的手机。作为一个走南闯北的业务员，他也算是经多见广，为了不让警方通过手机信号找到他，他出逃的同时关闭了手机。

“您这里没有电话吗？”

老人摇了摇头，痛苦地呻吟了一声，垂下了头。

怎么办？他问自己。如果打开手机，拨打 120，警方马上就会锁定他的位置，几分钟就能赶到。

他暗暗叹了口气，转过身，向门口走去。

“别走……救救我……”老人用微弱的声音乞求着他。

他迟疑地停下了脚步。看老人的样子，应该和他的父亲年龄差不多。

“救救我……快点儿……”

王建设心一酸，大滴的泪水流淌了下来。他的父亲，就是独自在家时，突发心脏病去世的。事后，他常常自责：当时如果我在他身边，也许……父亲生命的最后一刻，是多么的无助和凄凉呀……

他掏出了手机。

救护车呼啸而至，医生误认为他是病人家属，把他也拉到了医院。

老人是胃穿孔，再晚一会儿，就没命了。他帮着联系病人子女、签字、交钱，忙活了半个晚上，又累又饿，在老人子女千恩万谢的声音中，他斜躺在病房门口的连椅上，睡着了。

手机的鸣响把他吵醒时，一缕阳光透过窗子，照在他的脸上，他眯着眼，下意识地摁下了接听键。

是一个他非常熟悉的女人的声音："你回来吧，我们商量一下离婚的事。"

他吃了一惊，忽地坐起来问："你们没死？"

女人说："我们都是……多处轻伤，没伤到要害，我们……对不起你……就没有报警……"

女人在电话里抽泣起来。

他像刚刚从一场噩梦中醒来，懵懵懂懂地走出医院的大门。

门外，阳光灿烂，鸟语花香。

桃花正艳

宁馨早年丧父，和贫苦的妈妈相依为命。

她的幸福是从和卢望曾结婚后开始的。卢望曾一直拿宁馨当孩子来疼爱，爱屋及乌，他怕宁馨的妈妈一个人寂寞，下班后还经常和宁馨买了菜到她家吃饭。逢周末节假日，还开车把她的妈妈接到家里，两家合成一家，一块儿做饭、吃饭。宁馨发现，妈妈的脸上经常露出多年不曾有的笑容。

没想到，这种美好的日子竟然会戛然而止。

周末，卢望曾在去接宁馨妈的路上，小车被一辆从斜刺里冲出来的大货车顶翻了，卢望曾当场死亡。卢望曾的妈妈因受到重大刺激，突发心脏病去世。

家里一下子就没了两口人，只剩下她和公公卢仁义了，宁馨都要傻了。

办完丧事后，宁馨在整理内衣时，猛然想起，自己的“老朋友”一直没来，她算了算，都过了十几天了。

宁馨到医院做了个检查，她竟然怀孕了。

卢仁义得知这个消息，也从悲伤中走了出来，儿子走了，可卢家的香火没断，有了孙子，就有了新的希望。

但是，宁馨的妈妈坚决反对把孩子生下来，她对女儿说：“你有了这个累赘，条件好的男人是不会接受你的，这可是关乎你一辈子幸福的大事呀！”

宁馨的妈妈开始四处托人为她张罗对象。

宁馨自小就听妈妈的话，她拗不过妈妈，就例行公事般地见了几个，见完后一律摇头说“不行”。

在宁馨怀孕两个月时，她见到了一个让她心动的人。这个人不但模样像极了卢望曾，就连说话的节奏和语调，抽烟的姿势，都和卢望曾惊人地相似。

这个男人名叫高怀，是个工程师，比宁馨大八岁，丧偶，没有孩子。凭这条件，找个未婚的姑娘也很轻松。宁馨知道，她不能错过这个人。再婚是迟早的事儿，如果把这个酷似卢望曾的人错过了，可能就再也找不到这么合适的人了。她和他开始了交往。

在一个月光如水的夜晚，宁馨和高怀手牵手走在长河公园的湖边上，她又找到了初恋般的感觉。

趁着高怀高兴，宁馨试探着说：“有一件事我必须告诉你，我……我怀孕了，是我前夫的……我……想把这个孩子生下来。”

高怀一愣，下意识地松开她的手问：“你是在开玩笑吧？”

宁馨心一凉，冷冷地说：“你看我像是在开玩笑吗？”

高怀迟疑了片刻说：“我得好好想想……”

宁馨转身，丢下一句话：“那你好好想吧！”

回到家里，宁馨含着泪，给高怀发了一条短信：我们到此为止吧。

随后，毅然将手机卡取出来，扔到了垃圾筒里。

她原以为高怀会来找她，会要她的一个解释。但是，时间一天天过去了，这个男人，就像一阵风般消失了。

宁馨的肚子慢慢鼓起来了，她的秘密也走到了阳光下面。她想不到，绝大多数人是支持她的，围绕在她身边的关心和体贴多了起来。

宁馨生下了龙凤胎。出院那天，是一个难得的好天气，天上连一丝云彩也没有。

卢仁义和宁馨妈，每人抱一个孩子走在前面，宁馨被几个来接她出院的姐妹簇拥着走在后面。

出了医院的楼门，见一个男人手捧鲜花站在面前，冲她无声地笑。

宁馨吓了一跳，是卢望曾！一刹那间，她怀疑是时光倒流，她的卢望曾回来了！

仅仅是一瞬，她就醒了，面前的这个人，是酷似卢望曾的高怀。

她淡定地冲他笑了笑说："这么巧。"

高怀把鲜花递过来说："我来接你出院，上车再说吧。"

宁馨正犹豫，妈妈说："上车吧孩子。"

宁馨迟疑着接过了鲜花。

到了车上，所有的疑问都慢慢解开了。

宁馨给高怀发短信的第二天一早，高怀就找到宁馨的娘家。当他知道事情的真相后，宁馨在他心目中的地位又加重了一倍。这是一个多么忠贞的女子呀，对一个逝去的人尚且如此，对活着的人，能差得了吗？当今社会，去哪儿找这么好的人！在一瞬间，他作出了一个重大的决定。他恳求宁馨的妈妈不要告诉宁馨他来过，就让宁馨按自己的想法走下去，他会一直关注着她……

宁馨感动得泪水盈盈。

高怀说："如果你没有意见，等孩子满月，我们就举办婚礼，和孩子的满月酒一起办！"

宁馨羞涩地低下了头。

窗外，路旁的桃花开得正艳。

扎西的菜园子

扎西的菜园子，是来自山东的援藏干部老马帮扶着弄起来的。

老马是省农科院的技术员，来到日喀则后，在农业局当技术顾问，种菜是行家里手。

扎西本来对种菜不感兴趣，他已经习惯了祖祖辈辈传下来的放牧生涯。可他看到老马什么都亲自下手，从翻地、施牛粪、扎棚、育苗，都盯在菜地里干，就不好意思推辞了，扎西一不好意思，干起活来就特别卖力气。

一个多月下来，扎西的菜园子就郁郁葱葱了。老马一样样指给扎西："看，这是西红柿，这是辣椒，这是茄子……"

扎西小的时候，他父亲曾收留过一个汉族的流浪汉，那个男人在他家里住了三年，小扎西天天和他黏在一起。所以，扎西从小就能听懂汉话。这也是当初要选他为帮扶对象的原因。

一转眼，就要过中秋节了，老马休假回山东。临走，他对扎西详细交代了管理菜园子的方法。

回到家后的第二天中午，饭后，老马斜歪在沙发上正看电视，手机响了。他接起来，就听到扎西急促的声音：“马顾问！马顾问！你快快来吧！出大事了！”

老马的脑袋“嗡”的一下就大了。在少数民族地区工作，他脑子里始终紧绷着一根弦，唯恐哪里出了闪失引发民族问题。

老马定了定神说：“扎西，别着急，慢慢说，哪里出事了？”

“是、是菜园子，菜……菜出事了！”扎西由于激动，有些语无伦次。

老马一听，放下心来，心想：菜能出什么事？

扎西紧张的声音又传过来：“毒药，全是毒药，您快来吧！吓死人了！”

老马刚刚放下的心又提了起来，毒药，难道有人投毒？

扎西说：“我也不知道是什么毒药，全是红的，一大片一大片的，您还是快点来吧！我们一家都不敢在菜园边住了。”

老马一听，这个问题严重了，现在，他们这个援藏点上的技术人员都回家过节了，只有自己跑一趟了。

老马坐飞机赶到日喀则，又坐车来到扎西所在的牧区时，已经是第二天的下午了。

扎西穿得像一头棕熊，正在路边上等着，见了老马，拉着他就往菜园子跑。

来到菜园子门口，扎西不敢往里走了，他指着里边，战战兢兢地对老马说："那里，就是那里，全红了，像血一样红。"

老马只看了一眼，就有种想哭的感觉。

那一片红，是刚刚成熟的西红柿。

想到自己大过节的赶了几千公里路奔到这里，只是因为西红柿成熟了，他就有些生气。但他转念一想，这不能怪扎西，西藏这个地方，因为自然条件恶劣，以前除了萝卜、土豆，根本就没有别的蔬菜，扎西从来没有见过成熟的西红柿，这是很正常的。恐怕，大多数生活在偏远牧区的藏族同胞，都没有见过像西红柿、黄瓜、茄子等在内地司空见惯的蔬菜……想到这里，他感觉到鼻子酸酸的，心里沉甸甸的，觉得肩上的担子更重了。

他拉过扎西的手说："扎西，跟我来，这不是毒药，这是世上最美味的蔬菜。"

老马摘下一个大大的西红柿，用衣角擦了擦，狠狠地咬了一大口，然后又摘下一个递给扎西说："你尝尝。"

扎西看了老马一眼，他相信老马不会骗他的，就学老马的样子，狠狠地咬了一大口！

顿时，扎西瞪圆了眼睛说："好甜！这是糖菜呀！"

扎西的菜园子丰收了。

扎西一家吃不了，就到处送人。

老马知道后，给他打电话说：“扎西！帮你种菜，不是送人的，你要去卖，以后，这就是你的一项家庭收入。”

扎西惊讶地说：“卖？怎么卖？卖东西多丢人！”

老马知道，传统的藏民，现在还保留着以物易物的习俗，他们还不习惯用人民币来交易。

老马就耐心地对扎西说：“扎西，这些东西都是你花力气种出来的，还有大棚、种子等成本，别人拿去吃，给你报酬是应该的，就像你拿牦牛皮去换青稞一样。”

在老马的说服引导下，扎西终于答应去卖菜了。

老马帮着扎西把已经成熟的西红柿、茄子、黄瓜摘下来，放在几只篓子里，然后绑在了两头牦牛背上。

扎西要出发了，老马问：“你不带秤吗？”

扎西一愣：“秤？秤是什么东西？”

老马笑道：“秤是称分量的，没有秤，你怎么按斤收钱？”

扎西摇摇头说:“这个你不用管，我们藏民，良心就是秤。”

扎西骑着马，赶着两头牦牛走了。离这里二十多里的地方，有一个小小的集市。

老马望着他宽厚的背影，心想，这些菜，按斤论价，怎么也得卖个百儿八十的，不知道这个憨家伙能不能卖到钱。

老马钻进了菜园子门口的帐篷里，他要等扎西回来。

一觉醒来，老马看了看表，已经下午六点半了。现在是九月下旬，在内地，这个时间天已经擦黑了，而在这里，太阳还有几十层楼那么高，远处的雪山在阳光下烁烁生辉。

老马走下山，远远地，就看到扎西赶着两头牦牛回来了。

看到老马，扎西忽然兴奋了，他不管那两头牦牛了，打马快跑着赶到老马面前，身姿矫健地跃下马背，有些激动地说：“马顾问，钱，卖到钱了。”

说着话，他从怀里掏出了一把纸币，炫耀般，双手捧到老马眼前。

老马一看，这些钱有五十元的、二十元的、十元的、五元的……大约有三百块。

老马迟疑地问：“这都是今天卖的钱？”

扎西拍拍胸脯说：“是的，都是今天卖的！”

老马禁不住好奇，小心翼翼地问：“扎西，你没有秤，怎么收钱呀？”

扎西说：“菜就放在地上，谁喜欢哪样菜就拿走，拿多少都行，钱也是随便给，给多少随心……”

老马心里一动，茫然地看着扎西问：“这就是你说的，藏民的良心秤？”

扎西重重地点了点头说：“对！良心！”

老马看着这个一脸汗水和灰尘的藏族兄弟，耳际忽然飘过一句他无意中听过的藏族民歌：“……布达拉宫顶上的白云，是扎西哥哥纯洁的心……”

老马眼睛湿润了。

惊　鹊

——题引辛弃疾《西江月》名句“明月别枝惊鹊，清风半夜鸣蝉”。

最近，施局长心里特别不踏实。

施局长的不踏实，与他的前任柳局长出事有关。柳局长退休两年多了，已经安全着陆了。不想，他一夜之间被双规了，纪委工作人员在他家的床垫底下搜出了两百多万元的现金。

虽说施局长才当了两年多的一把手，却因生财有道，也“积累”了一百多万现金。这笔钱，一直在主卧室的床垫底下藏着，本来觉得这个地方绝对安全。柳局长一出事，他才知道，这个地方是纪委检察部门搜查的首选位置。从那开始，他接二连三地做噩梦，多次梦见这笔钱被当场缴获。在度过了多个不眠之夜后，他终于想出了一个绝对保险的地方。他选择了一个星期天，把父母都接到了城里。到了晚上，他借口有应酬，自己开车回到老家，把用防潮纸包裹好的一百万现金埋到了自家后院的小树林里。施局长的老家在村子的最北边，后院再往北就是一条小河，唯一的通道就是自家的大门，可以说是非常隐秘。最重要的是，后院里，还有他爷爷奶奶的合墓，平时很少有人光顾。

神不知鬼不觉地办完这件事，他总算是松了一口气，能睡个安稳觉了。

没想到，他刚舒坦了几天，M局的温局长又出了事，纪委根据他的交代，在他老家后院里起出了一大箱子现金，有三百多万。电视台的《清风》栏目还做了专题报道。他看到这个报道后，突然心跳加剧，差点儿晕过去。完了，这个地方也不保险了……从此，他的噩梦又开始了……

施局长瘦了。以前，他尝试过多种减肥方法，都没有成功。现在，他半个月就掉了十多斤肉。“将军肚”不见了，整个脸蜡黄，眼窝深陷。

不能这样下去了，再这样下去，非把命搭上不可。思前想后，他忽然想起，自己搬家之后，以前的旧房子还没有出售，那个地方在老城的一个角落，现在非常冷清。最重要的是，那套房子是妻子娘家出钱买的，一直在岳父的名下没有过户，即使出了事，也不会有人查到那里。

他仍然选择了一个星期天来行动。这天，他起了个大早，自己开车直奔老家。天还没亮，灯光把前方的路掏了一个明亮的大洞。路上人车稀少。他将车速放慢，打开车窗，贪婪地深吸了一口略带凉意的新鲜空气，长叹了一声。

施局长家祖祖辈辈都是脸朝黄土背朝天的农民。爷爷是烈士，抗战时期应征入伍，在淮海战役中牺牲。父亲是村里的老支部书记，但因村里穷，父亲又正直，当支书一直是赔钱赚吆喝，只赢来了十里八乡的好名声。施局长是靠自己勤奋学习，先考上大学，后考上公务员，才改变了命运的。当年，他的老领导慧眼识才，不但处处提拔重用，还把自己的独生女儿嫁给了他。他也不负众望，一直兢兢业业，从科员干到科长，再干到副局长，年近不惑时，又坐上了局长的宝座。如果真的翻了船，唉，自己哪里还有脸见父母和岳父，更没胆子到爷爷奶奶的坟前祭奠……

二十多里路，很快就到了。施局长在门前停下车，熄了火，慢慢地关上车门。他家的大门从来不锁，从门闩旁的方孔内伸进手去，就把里面的门闩打开了。他蹑手蹑脚地进了院子，然后穿过正房西山下的巷子，来到了后院。后院原是一片荒芜多年的盐碱地，是在他刚记事时，父亲用了三个冬闲时光填土改良的。后院种了枣树、苹果树和杏树。爷爷奶奶的坟，在东北角上。当初他埋这笔钱时，下意识地要离爷爷奶奶的坟远一些，埋在了西北角的一棵老枣树下。这时，天已经蒙蒙亮了。他蹚着杂草上的露水，小心翼翼地走到西北角……

天哪！他的脑袋嗡的响了一下，一下瘫坐在湿漉漉的草地上！

那棵老枣树下，裸露着一个黑洞洞的大坑！

钱竟然被人取走了！会是谁呢？难道是他回来埋钱时被人盯上了？

呆坐了半晌，他越想越怕，豆大的汗珠渐渐爬满了额头。

猛然听到一声沉重的咳嗽声，惊抬头，父亲不知什么时候站到了他的面前！他下意识地哆嗦了一下！

良久，父亲低声说："从上次你接我们进城，我就看你魂不守舍的。"

他赶紧站了起来！

父亲接着说："这后院就是我的胳膊腿，你动一根草也瞒不过我。"

他心里稍稍踏实了点儿，看来，是父亲起走了这笔钱。

父亲问："就弄了这些钱吗？"

他低下头说："就这些。"

父亲又问："花过没有？"

他用蚊子般的小声说："没花过。"

父亲松了一口气说："还好，还没给国家造成损失。"

他忽然猜到了父亲的意图，怯怯地看了父亲一眼，弱弱地说："爹，不能……那样我就完了……"

父亲拍了拍他的肩膀说："儿啊，你现在回头还不晚，该交代的交代，该上缴的上缴，大不了关几年，出来再回家种地……”

他不敢看父亲的脸，耷拉着脑袋说：“那样，我可什么都没有了。”

父亲指了指东北角上的坟冢说：“你去问问你的爷爷，他把命都献给国家了，他现在有什么？”

见他不说话，父亲放低语气说：“儿呀，这是你自己做下的呀！你不去自首，还有更好的法子吗？”

自首？反腐的风声紧了之后，他只想千方百计地掩盖，从来没想过自首。他抬头无助地望着父亲，父亲冲他毅然点了点头说：“只有干干净净地了结了，你才能踏踏实实地重新过日子。”

他一颗忐忑多日的心突然之间找到了着落，一瞬间他感到身心放松，他忽然抱住父亲的脖子，像个孩子一样哭了起来。

《卖油翁》新编

冬天无事，被村人称为“小精人”的赵小利睡到日上三竿才起床。他正想上茅厕，大门外传来了叫卖豆油的声音。

赵小利出了大门，见一高大的魁梧汉子推着独轮车，边走边吆喝：“打油喽……打油喽……”独轮车的两边放着俩油桶，恐怕每桶不下百十斤。汉子穿着极为破旧，身上的衣服补丁摞着补丁，四方大脸，表情略有些痴呆。

赵小利问：“你的油多少钱一斤？”

那汉子憨憨地答：“一块五。”

赵小利说：“人家卖的可都是一块四。”

那汉子又笑说：“一块四就一块四。”说着话，放下车把，把车停稳。

赵小利见汉子答应得爽快，暗暗后悔价给得高了。他见桶沿上挂着油壶子，就搭讪着问："你这一壶子多少？"

那汉子将壶子摘下来说："一壶子四两，两壶子半斤。"

赵小利以为自己听错了，往前探了探头又问："多少？"

那汉子说："一壶子四两，两壶子半斤。"

赵小利重新打量了一下那汉子，问:"大兄弟，你是哪个村的？"

汉子不好意思地搔了搔后脑勺说："远了去了，东北乡刘胡庄的。"

赵小利说："哟，这可三四十里呢。大兄弟怎么称呼？"

汉子说："俺原本叫刘大青，俺村里人都说俺傻，都叫俺刘傻青，反正你进村一说找傻青都认识。"说完，就摸着后脑勺"嘿嘿"地傻笑。

赵小利回家拿来了塑料油桶，说："看你这么远也不容易的，就打五斤吧。"

那叫刘傻青的汉子就给他整整打了二十壶。赵小利迅速地从心里算了算，一壶子四两，两壶子是八两，二十壶子就是八斤，他正好多给了三斤油。付完钱，赵小利回到家里，赶紧拿出秤来称了称，果然，整整八斤，秤杆还撅得老高。

中午，赵小利让老婆用新打的油炒了个菜，嘿，这油还真是不折不扣，香着呢。

不到半天，赵小利打油占便宜和"一壶子四两，两壶子半斤"的故事就传遍了整个村子。

村里有好事的女人便三三两两地涌到赵小利的家里。每来几个人，赵小利都会声情并茂地讲“傻子卖油”的故事，听得人直咋舌，都说，这个人，还真是个傻青。有人还拿起赵小利盛油的塑料桶子左看右看地研究那油。赵小利便极得意地叼着烟，坐在椅子上吞云吐雾。后来，不知谁突然说了一句：“不知那个傻青还来不来？”

这一下，引起了众人的兴趣，都攒足了劲儿，等那傻青来了后多买点儿。最后，众人一致决定，不管谁看到那个傻青来卖油，都不准自己吃独食，得挨家送信。

村人们望眼欲穿地等了半个多月，那个汉子真的又推着独轮车来了。

最先看到他的是支书的女人王香香，王香香一看见他，就觉得很像赵小利说的那个人，王香香就问：“哎，卖油的，你的油是一壶子四两，两壶子半斤吗？”

那汉子放下车把，不好意思地摸了摸后脑勺说：“是的是的，一壶子四两，两壶子半斤，都卖了好几年了。”

王香香大喜，一边风一样跑回家拿了个大油桶，一边嘱咐男人从大喇叭上给广播一下，就说卖油的来了。

不消一刻，小小的独轮车旁就围满了打油的人。

那叫刘傻青的汉子可忙坏了，不断地打油、收钱、找钱，大冬天的，竟忙出了一脸的汗。

两大桶油，足足有二百斤，就在一袋烟的工夫全部打完了。还有一些没打到油的，不甘心地围在独轮车旁问那汉子：“还来不？”

那汉子就憨憨地笑，一边擦汗一边说：“来，来，不来油卖给谁去。”

汉子在众人恋恋不舍的目光中推着他的独轮车走了。

中午，家家户户的房顶上都飘起炊烟的时候，打了油的人们都涌上了街头，聚到了刚才打油的地方。人们中午都用新打的油炒了菜，却一点儿香味也没有。她们打的，是几毛钱一斤的菜籽油还兑了一半的水，这个当可上大了。

人们愤愤地怒骂了一通那挨千刀的汉子后，有人忽然说：“赵小利怎么没出来？”

又有人说：“好像打油的时候也没见到他。”

人们又都涌到了赵小利的家里。

赵小利仍然叼着烟吞云吐雾，等众人说完了骂完了之后，他才不紧不慢地说：“这一次，我一斤也没打。”

王香香问：“你怎么不打？”

赵小利说：“我总琢磨着不对劲，我还想起了那句老俗话：南京到北京，买的不如卖的精啊。”

众人一听，又纷纷指责他：“你怎么早不说，眼看着我们这些乡亲上当？”

赵小利冷笑了一声说：“早说？早说你们谁肯听我的？你们能放弃到手的便宜吗？”

众人哑然。少顷，尽散。

中　奖

李小好是个老实人，可就一样缺点：爱占便宜，不管是小便宜还是大便宜，他是见便宜就占，不占点儿心里难受。

这天上午，李小好正坐在办公室里琢磨着中午“宰”谁一顿，手机“嘣儿”地响了一下，进来一条短信。他打开一看，顿时心跳加快，喜形于色。

短信是这样写的：您好！您的手机号码在本公司举办的百万元回报社会大抽奖中荣获一等奖，奖品为本公司生产的豪华轿车一辆，请于本月18日前将您的详细住址及邮编通过编写手机短信告知本公司，同时往以下账户打上运输费一千元，本公司在收到运输费后一周内发货，逾期不打运输费者，视为自动放弃。账号：××××××××××。

李小好毫不犹豫地编写了手机短信，将家庭地址发给了信息来源的号码。同科室的几位同事见他眉开眼笑的样子，都问他怎么了。李小好诡秘地一笑，什么也没说。他不想引起别人的嫉妒。没等到下班时间，他就编了个谎话，提前到银行将一千元钱打到了短信提供的账户上。

接下来，李小好开始了揪心的等待。为了给妻子一个惊喜，他把这件好事瞒了下来。在等待中，李小好想得最多的是那辆即将到手的轿车是什么牌子的，是奥迪，还是桑塔纳，或者是中华、捷达？……

仅仅过了五天，李小好就接到了一个邮局送来的提货单。他拿着身份证，兴冲冲地来到邮局，将提货单递给了营业员。不一会儿，营业员给他拿来了一个精致的盒子。李小好一看就愣住了，他问："你们是不是弄错了？我取的是一辆轿车呀，怎么这么小？"营业员仔细地对照了一下他的提货单和盒子上写的字后，用肯定的语气说："绝对没错，这就是您的轿车！"李小好急了，他三两下将盒子打开，顿时傻了眼！

盒子里装的确实是一辆豪华轿车，还是奔驰600，其档次高得超出了他原来的所有想象，但遗憾的是，这仅仅是一个玩具轿车！

李小好拿出手机，找到那条短信，按上面的号码拨了一下，已经成了空号。

李小好在痛心之余，暗暗庆幸自己幸亏没有告诉别人，否则，这个脸可丢大了。但被骗走的一千元钱，可得靠他节衣缩食少抽烟来慢慢地弥补了。

时间过得真快，一晃，俩月过去了。

一个星期天，李小好正在家里看电视，手机“嘣儿”地响了一下，来了一条短信。他打开一看，又激动起来，但想起上次上当的事，他的心霎时又凉了下来。他仔细地阅读了一遍短信：您好！您的手机号码在本公司的迎中秋抽奖活动中获得了二等奖，奖品是价值五万元的三角钢琴一架，请于一周内将三百元邮寄费打到以下账户上，逾期不打视为自动放弃。账号：××××××××××。

如果这一次奖品是别的什么，李小好肯定是置之不理了，但偏偏是一架三角钢琴。他的爱女娇娇在大学学的是音乐，一直缠着他买钢琴，还要高档次的。因为他家里只有一万多元的积累，只能是“望琴兴叹”了。现在，天上掉下来一架他急需的钢琴，怎么能让他不动心呢？他一个人在屋里来回踱着步子，琢磨来琢磨去，觉得这个机会不能放弃，机不可失，失不再来嘛！尽管这次也有上当受骗的可能，但为了省下区区三百元钱而放弃价值五万元钱的高档钢琴，实在是有些划不来呀！再说了，上次轿车那事，对方没说价值多少钱，打了他的马虎眼，可这次对方已经说明是价值五万元了呀！做通了自己的思想工作后，李小好仍然没有声张，悄悄地把事情办了。

这一次李小好收到的确实是一架三角钢琴，而且钢琴上打着价码，确实是定价五万元。但李小好对此并不外行，为了女儿，他多次逛过乐器店，知道这架钢琴也是哄孩子玩的东西，大约值五百元。因为提前有上当的思想准备，李小好这次并没有像上次那样失态，他将这架钢琴送给了他们局长的儿子，那小家伙刚上幼儿园，见了钢琴挺喜欢的。局长也挺高兴，亲热地拍了他三下肩膀，他觉得也值了。

这次之后，李小好终于明白了一个深刻的道理：凡是手机短信上的中奖通知，都是骗人的！以后再也不能理睬这些了。

春节即将来临时，李小好在家里又收到了一条短信，仍然是中奖通知。李小好本想不理睬，但他想反正我也不上当了，看看吧，看他们又出什么花招了。谁知这一看，李小好明白自己终于发了财了！这一次绝对不是骗人的把戏了！

短信全文如下：尊敬的先生您好！首先祝贺您的手机号码在本公司的迎新春抽奖活动中获得一等奖，奖金为五万元人民币，请编写短信将您的银行账号告知本公司，本公司接到后于一个小时内将五万元奖金打到您的账户上。另外，您需缴纳一万元的个人所得税，由本公司代缴，希望您在确认奖金到达您账户上后，于 24 小时内将一万元税金打入以下账户，否则，您的奖金将被追回，并因偷税被处以巨额罚款……

李小好觉得这一次是万无一失了，反正是对方先给他钱，他再退回一万元的税金，还净得四万呢。他以最快的速度将自己的银行账号发给了对方，然后拿出存折，就直奔银行而去。

到了银行，他把存折递给了1号窗口的营业员，请她查一查有没有钱打过来。营业员在微机上一查，告诉他说已经打过来了，是五万元。这一下，李小好笑得嘴都要合不拢了，他想，这回总算把上两次被骗的钱捞回来了。转念一想，还得把税金快点儿交上，别让煮熟的鸭子再飞了。他按短信上提供的账号，从自己的账上把一万元转了过去。办完手续，营业员将存折还给了他。他美滋滋地瞅着存折，心想，这个存折上还从未出现过这么多钱呢。但他瞅来瞅去，却发现存折上只是少了一万元，那五万元并没有打上，他心一下慌了，着急地对营业员说："怎么没把那五万元给打上呀？"营业员笑着对他说："现在还打不上，对方打过来的是支票，不是现金，这得等三天后才能到账。"李小好这才稍稍放了心。

整整三天，李小好真尝到了度日如年的滋味。这钱一天到不了账，他的心里就一天不能踏实呀。

第四天一大早，李小好就赶到了银行，还在1号窗口把存折递了进去。这次接待他的仍是上次那位姑娘。姑娘将存折接过去，敲击了几下键盘，诧异地对他说："呀，对方已经把支票撤回去了！"李小好头"嗡"的响了一下，他迟疑地问："不是上次已经打过来了吗？"姑娘耐心地说："根据本行的规定，客户打过来的支票，三天后才能现金到账，二十四小时内客户有权撤回。"李小好迫不及待地问："那我的钱可不可以撤回？"姑娘说："你打出去的是现金，已经撤不回来了。"

李小好这一下彻底明白了，对方给他打了一个时间差，他的一万元刚打出去人家就把支票撤回了。想明白了之后李小好就晕倒在了地上。

邂逅

狂风呼啸，大雨瓢泼。

路边有一间低矮的土屋。没有门，他连人带车走了进去。

屋子里四处进风，他全身湿透，站在角落里发抖。

一阵拖泥带水的脚步声由远而近，又跑进一人一车。

他愕然一呆。进来的是位妙龄少女，湿透的白马裤和天蓝色蝙蝠衫紧贴在身上，雪白的皮肤清晰可见，胸前高耸的乳峰微微颤动，一张俏丽的脸蛋上挂满水珠。他赶紧低下头，心怦怦直跳。

她也发现了他。慌乱地看了下自己的全身，转身想往外走，可一看外面密集的雨点，咬了咬红红的下唇，站在了门口。

冷风夹着雨水从门口扑入，他和她都冻得瑟瑟发抖。

他脱下上衣，拧了拧雨水。忽然，他若有所思地从口袋内掏出防风打火机。

屋子角上有一堆麦秸，他抓过一把，一按打火机，蓝蓝的火苗“忽”地蹿了起来。

屋子里暖和起来。她仍旧在门口发抖。

他看了她一眼，张了张嘴，想说什么，却被她警惕的目光阻止了，下意识地往火里添了把柴。

雨越下越大，风越刮越紧。她已嘴唇发紫，脸色苍白了。

“你……过来暖和一下吧！”他硬着头皮开了口。

她下意识地往里挪了半步，随即又退了回去，眼望着外面的雨，不吭声。

他往门口走来。

她惊恐地望着他，作好了往外跑的准备。这一带一直不太平，经常有妇女被坏人欺辱。

他的表情极不自然，面对着她又不敢看她，但语气却十分坚定：“到里面暖和一下吧！不然你会感冒的。”

她重新打量了他一下，仍旧没动。

他也伫在门口，一动不动。

她又瞧了瞧他那张棱角分明的国字脸，和微微上翘的嘴唇，迟疑地走到火堆旁。

她暖和了一阵，停止了颤抖。

他仍旧伫在门口，门外飘来的雨水重新将他的衣衫打湿。

“你……过来暖和一下吧！”她怯怯地说。

雨越下越小了。

他和她隔着火堆面对面站着，都不时地弯腰朝火里添柴。

她脸色逐渐红润起来，两只黑葡萄似的眼睛看了他一眼，想说什么，但终于没说出口。

雨过天晴，明朗的太阳下，他和她默默地分手了。连“珍重”都没说一声。

走出了十几米后，她回头看了他一眼，只看到了一个结实的背影。

遍地地瓜

要喝“地瓜烧”也得用地瓜干去换。大江就划出两块地来，种“麦茬地瓜”，即夏天割了麦子后种上地瓜，秋后收了地瓜再种麦子。黑土地种地瓜本来就不对路，再加上生长周期比春茬地瓜短两个月，产量低不说，地瓜的个头也小。

事事都爱争个上风的大江，觉得这次可能要栽了，一整天都拉着个脸。

晚上，大江正就着咸菜喝闷酒，会计大牙忽然登门，他极神秘地小声向大江献了一计。大江听完，紧锁的眉头顿时舒展开了，赶紧给大牙倒了一茶碗酒，接着喊老婆：“当家的，给炒一盘鸡蛋，犒劳犒劳大牙这狗头军师。”

老婆桂花虽然心疼鸡蛋，但见愁了一天的男人高兴了，狠狠心，磕了两个鸡蛋，切上了两棵大葱，端上桌时只见葱不见鸡蛋。就这样，俩男人也乐得不行，猜拳行令，喝了一斤多“地瓜烧”。

第二天，避雨屯生产队的钟声比往常早敲了一个钟头。

大江看着从四面八方聚到队办公室门口的社员们，一个个懒懒散散的，有的还揉着睡眼，有的脸都没洗，还有几个社员大声抱怨钟敲得太早了，还让不让人活了。

但大江一句话就让大家长了精神，停止了抱怨。

大江说：“避雨屯生产队的老少爷们儿，兄弟姊妹们，今天早一点儿出工，每人记一个半工分。”

虽然工分不值钱，但每天多这半个工分，抵平时干一天半的，大家还是高兴的。

接下来，大江给大家分工。

避雨屯生产队种了两块“麦茬地瓜”，一块在村西，是去公社的必经之路，也是本公社的交通要道，这一块地大约十亩。另一块地瓜地大约十五亩，在村东的河套里，三面环水，只有一条土路可以进去，道路又窄又凹凸不平，平时没事谁也不会去那里，公社领导来视察，也从来不去那里。

按照昨天晚上大牙的妙计，大江把社员们兵分三路，一路去村西，一路去村东，一路套上牛车搞运输，把村东地里收的地瓜，捡个儿大的运到村西的地里，和村西地里刨出的地瓜堆放在一起。个儿小的，就留在村东的地里，日后没事的时候再运回村里。

有多给出的半个工，社员们干得很起劲儿，没吃饭的，跑回家拿了个大饼子，就着大葱，走到地头就把饭吃饱了。

到黄昏时，村西的地瓜全部刨完，村东的地瓜也全部刨完，个头儿大的都运到村西的地瓜田里。

二十五亩地的地瓜全部放在十亩地里，把这一片土地都遮住了，站在地头上往里一看，遍地都是地瓜，在夕阳的映照下，十分壮观。

大江看着眼前的景象，乐得嘴都咧到了耳朵边上。

大江对站在一旁的大牙说："大牙，今天晚上我还请你，不过，不能在家里了，上办公室，你一会儿就去代销店打酒，整点儿长果仁，再拿两个罐头，记在队里的账上。"

大牙说："那也不能仨菜呀，伺候吹鼓子呢，我再拿瓶面酱，整个大葱蘸酱，凑四个。"

晚上，大江又喝了个六二迷糊。

第三天上午，大江在村西的地头上等了整整一个上午。他把其他社员都安排去收玉米，自己一个人瞅着遍地的地瓜，越瞅越高兴。等到秋阳移到南边，遍地的地瓜更是辉煌。

可是，公社领导一直没来。晌午的时候，妇女主任米秀芹跑来告诉他，公社领导和县领导已经来过了，不过，没来村西的这块地，到村东去看了。

大江一听，脸都绿了。留在村东的地瓜，最大的只有小孩子的拳头那么大，并且每隔五米才有稀稀的一细溜儿。

几天后，事情尘埃落定，大江因为弄虚作假，生产队队长被罢免了，重新改选大牙当了队长。

至此，大江才想起，大牙一直有当队长的梦想。

绑 架

已经是第三天了，送钱的事还毫无消息。

二贵看着被绑在角落里的苟三，一根接一根地抽着劣质香烟，眼睛里布满血丝。

“兄弟，给我一根烟吧。”苟三哀求道。

二贵一言不发，从口袋里掏出已经挤扁的烟盒子，里面还有五根烟，全被挤得不成样子了，就像二贵现下的生活。二贵从中挑选了一根保留得较好一点儿的，送到苟三的嘴里，然后，替他点上。

二贵绑架苟三，纯属无奈。二贵是一个民工，常年在外面打工，结果妻子在家红杏出墙，后来抛下七岁的儿子跟一个男人跑了。二贵只得把儿子接到他打工的城市，送进了一家条件很简陋的私立小学。本来，爷儿俩在一起也挺好的，尽管儿子的学费用去了他每月收入的三分之一，可只要儿子在眼前，二贵就觉得这日子有盼头。不幸的是，眼下，儿子病了，住在本市的中医院里，医院张口就要五万元的押金，缴不上押金，医院就不安排手术。

二贵借遍了所有能借到的工友、老乡，只凑了一万多元。这些工友、老乡也都是建筑工地上的农民工，每到过年，老板才发薪水，平时，只发一点儿可怜的生活费。

被逼无奈的二贵决定铤而走险。在选择下手目标的时候，二贵想起了苟三。苟三是一个商人，年近五十，这几年赚了不少钱，在郊区一个风景秀丽的地方建了一栋别墅，娶了一个二十多岁的漂亮女人。二贵之所以想到他，是因为那栋别墅是二贵他们给建的。当时二贵还想，在这么个前不着村后不着店的地方过日子，如果碰到个什么事，喊破喉咙也没人听见呀。

二贵在苟三门前的树林里守了两天两夜，终于发现了苟三的一个习惯。苟三喜欢晚饭后在他别墅附近的野地里散步。于是，第三天，苟三刚一出门，就被二贵罩进了一只麻袋里，然后，二贵扛着他就跑。苟三在里面又喊又叫，又扭又踹，但丝毫不起作用。二贵一口气就把他扛到了这里。这是荒野里的一个砖窑厂，由于现在地方政府不允许再烧砖，窑就废弃了，但窑洞内很宽敞，且空无一人。二贵就把苟三扔在了一个不易发现的偏窑里，然后，掏出手机，让苟三给他老婆打电话，拿五万元钱赎人。

苟三给老婆打完电话后，居然笑了。苟三说："兄弟，你可把我吓坏了，我以为你要多少钱呢，这区区五万元钱，用得着使这种手段吗？"

见二贵不出声，苟三又说："你知道你在干什么吗？这是绑架，是犯罪，看你的样子也不像坏人，你要真的有难处，找到我的门上，我会送你五万元的，你何必冒这个险呢。"

二贵羞愧地低下了头。过了好久，他才含着眼泪把儿子的事说了。

苟三叹了口气说："你也不打听打听，我一年光救助穷困学生，就要掏几十万，你遇到这么个难处，给我说一声，我能不给你吗？你这么做是在毁自己呀。"

二贵咬了咬牙说："只要儿子的病治好了，我就去自首。"

苟三摇了摇头说："你自首了，你儿子怎么办？"

二贵蹲在地上，双手拼命地抓自己的头发，一会儿，就落了满地的碎发。

苟三说："好吧，等钱送到了，我们就分道扬镳，这件事就当没有发生过。记住，以后可千万不能再干这种蠢事了。"

二贵一个劲儿地点头。

三天过去了，两个人吃完了二贵准备的所有食物，钱却仍然没有送到。

电话每天都打，苟三的老婆每次都应得好好的，说是一会儿就送到。但却一直不见人影。

苟三有些担心了，他问二贵："这个娘儿们，她不会是报警了吧？"

二贵用两只疲惫的眼睛直勾勾地盯着他，却一言不发。

苟三又说："不会的，她不会拿我的命做赌注的。"

其实，二贵已经从内心里可怜起这个有钱人了。

就在刚才，女人给他发了一个短信，让他做掉苟三，她付二十万元。

二贵在心里掂量来掂量去。

苟三捐助穷困学生的善举二贵早有耳闻，在为他家建别墅的时候，二贵和工友们每天下了班后，谈得最多的，除了女人，就是苟三。

可是苟三怎么偏偏就娶了这么一个恶毒的女人呢？

二贵掏出匕首，走近了苟三。

苟三一惊，叱道："兄弟，别干傻事！你儿子还等着你呢。"

二贵几下将苟三身上的绳子挑断，叹了口气说："我们都是可怜人呢，你有钱又怎么样？"

说完，二贵扔下匕首，头也不回地走了。

直到走出这片窑场，走上乡间小路，二贵才有些害怕起来。毕竟，是他绑架了苟三，如果苟三报了警，自己"进去"是小事，儿子怎么办？

他开始留意过往的车辆，想打车尽快赶到中医院，然后带儿子逃回老家，到了老家，兴许能在街坊邻居和亲戚们手里凑足儿子的手术费。

可在这荒郊野外，连辆出租车的影子也见不着，私家车过去了几辆，可二贵怎么摆手人家也不停。二贵只得撒开脚丫子猛跑起来，累了，就靠在树上歇一会儿。跑了三个多小时，终于到了城边上，也终于打上了一辆出租车。

二贵赶到儿子的病房时，发现床已经空了，一个护士正在收拾。他感到有些不妙，颤着声儿问："这床上的小孩呢？"

护士边忙活着边说："进手术室了，估计这会儿快做完了。"

二贵又找到了手术室，儿子刚好被推出来，见了他，微弱地叫了声："爸爸！"

二贵的眼泪像小溪一样淌了下来。

推车的护士摘下口罩，高兴地对他说："你儿子的手术非常成功，疗养一个多月就可以出院了。"

二贵诧异地问："那，钱怎么办呢？"

护士也诧异地问："你不知道吗？有位姓苟的先生刚刚为你缴了十万元，连后期的疗养费也足够了。"

二贵脑子里灵光一闪：是他，一定是他。

二贵对儿子说："儿子，你在病房里等着爸爸，爸爸出去一下。"

二贵想，等会儿见了他，一定给他磕个头，向他发誓，这钱我一定会还！同时，还要告诉他，注意身边的那个女人……

可二贵刚出了医院的楼梯间，就见两个警察冲他走了过来。后面跟着的，是苟三，整张脸上写满惋惜。

歧视的惩罚

我在建筑队的时候，最拿手的活是砌砖。

后来，我当了一个小头儿，承包了一个工地，俗称为“掌线”，官称为“工长”，管着百十个人。

这天，公司的朱副总来工地视察。老朱是八级瓦工出身，行内的砌砖高手，有过一天砌砖两千块的纪录。他在工地转了一圈后，我带他到办公室喝茶。后来，不知道什么原因，我们把话题说到了砌砖方面，互不服气，越说越僵，就换上工作服，爬上脚手架，各起一段墙比试起来。一个小时之后，我和老朱的汗都下来了，但各自砌的那面墙也完成了，工人们评价，不相上下。我们相视一笑，都觉得过瘾。这时已经是中午了，我留老朱吃饭。

出了工地，就有一家新开的肥羊羊自助火锅店，每人五十元，羊肉管够，啤酒和散白酒可随意喝。我昨天刚在这儿吃过，还不错。我和老朱都累了，就打算在这里“凑合”一顿。谁知，我们刚到门口，就被瘦猴般的老板挡住了，他呵斥我们：“干什么的？”

我一惊，不怒反笑了:“能干什么？打酱油能到你这里来吗？”

瘦老板说:“不行，来我们这儿消费的，除了公务员就是白领，像你们这种一年吃不了几次馆子的民工，我们接待不起。”

我这才发现，我和老朱都没有换衣服，都穿着建筑工的工作服呢。

我赶紧说：“我们是搞管理的，只是忘了换衣服，我们不会像民工吃那么多的。”

瘦老板把头摇得像拨浪鼓：“不行不行，您二位还是别处请吧，要不让保安轰你了！”

老朱身家数千万，到哪个大酒店也有漂亮的女经理高接远迎，哪受过这个气，脸都紫了。

我怕他发作起来不好收场，就拽着他离开了。我们到底还是回去换了衣服，然后他开车带我去了一家四星级酒店。

老朱是个有仇必报的家伙，喝着酒，他还是对刚才的事耿耿于怀。我也很气愤，表示要“教育”一下那个瘦猴般的老板。一瓶“古贝春”下肚，老朱的坏主意也出炉了。

按照我的安排，第二天一早，大家七点就上了班。

十一点，都下了脚手架，然后洗脸、换衣服。

十一点半，所有的弟兄们都进了肥羊羊火锅店。把所有的座位都坐满后，还有几个坐不下，就让服务员加了椅子。

瘦老板已经认不出西装革履的我了，见来了这么多人，小眼睛亮得像夜明珠。

大家开始风卷残云般大吃大喝。我的这些弟兄，都出自农村，真像瘦老板说的，一年也吃不了几回馆子，平时都吃五六个馒头，这下逮住了涮羊肉，都往狠里造。半个小时后，菜架子上的羊肉和柜台上的啤酒就都空了，餐厅内一片“上羊肉”“上啤酒”的叫喊声。

这一顿吃下来，弟兄们平均每人吃了二斤羊肉，喝了六瓶啤酒。瘦老板的脸都绿了。

第二天、第三天照旧。

瘦老板看出事情不好，第四天，他开始采取措施，让保安在门口拦着。但是区区两个保安，哪里是百十号民工的对手。况且，有些民工，长得也是一表人才，西服一穿，谁也弄不清是干什么的。老板打了110，110五分钟就赶到了，一问，民工们很委屈，我们拿钱吃饭，触犯了哪门子王法呀？110把瘦老板熊了一顿：“这警能随便报吗？再乱报，就算你扰警！”

瘦老板的脸像霜打的茄子。

第五天一大早，瘦老板就来到了工地办公室，进门就点头哈腰，求我“高抬贵手”。

我说：“我们可以收手，但是，我们工地的午餐费是每人五元，为了‘教育’你，我提高到了每人五十元，每天多出四千五百元，四天共一万八千元，这笔钱得你出！”

瘦老板当即就蹦了：“你……你这是敲诈！”

我微笑着说：“你可以报警，可以去法院告我，要不，我们继续去吃，要不，你就关门别干了。”

瘦老板的小眼珠子转了几圈，终于泄了气，他小心地凑到我脸前问：“能不能少要点儿？我做个小生意也不容易。”

我说：“我们当民工的就容易了，到处被人看不起，花钱吃饭都进不了门。”

瘦老板哭了：“我错了还不行吗？我再也不敢瞧不起民工了。”

我冷冷地说：“做错了事是要受到惩罚的，这就是对歧视的惩罚。”

失　衡

刚刚下过一场大雨，山里的空气格外清新。几只鸟儿在空中盘旋，不时发出清脆悦耳的鸣叫。一丛丛的山花经过雨水的冲洗，显得更加艳丽。

一群游人呼吸着新鲜的空气，在导游的带领下，要从悬空的吊桥上渡过一条十几米宽的山谷，到山谷对面的景点上去。山谷很深，谷底是浑浊的激流。人们有些担心，都谨慎万分地走上了摇摇晃晃的吊桥，还好，在吊桥的上方，有一根拇指粗的钢丝绳，可供人们抓扶。人们陆续走上吊桥之后，有一个七八岁的男孩子，却怕得直抖，说什么也不肯上桥。他的父母停下来鼓励、劝说了一番也无济于事。眼见人们都过了桥，再不跟上去就要掉队了。孩子的父母将小男孩舍下，双双上了桥。这是大人用来对付孩子的惯常做法，一般来说，大人走得远了，孩子就会主动跟上来。但是，这一次，这个办法不灵了，这对年轻的父母已经走到山谷对面了，孩子还是站在原地，低着头摆弄着一部数码游戏机。孩子的父亲说："看来，我得把他抱过来了，他一向胆小。"话音刚落，一阵奇怪的声音响彻了整个山谷！

孩子背后的山体在缓慢地滑落，一些零星的石块蹦跳着落入了山谷！

是泥石流！

"快跑！孩子！快过来！"

不仅是孩子的父母，所有的人都大叫起来！

孩子起初不明白发生了什么事情，还呆呆地站在吊桥边上，在人们的惊呼下，他回头看了一眼，当即明白了自己所面临的危险，但他仍然没有往吊桥上跑，而是转身顺着山谷边的山路往远处跑去！

孩子刚刚逃离险境，吊桥附近的山体忽然液化了般流动起来，浑浊的泥水夹带着石块、树枝、杂草扑向山谷，发出了巨大的声响，谷下的水也被高高溅起，一时间浊浪滔天，惊心动魄！

这是一个小范围小规模的山体滑坡，罪魁祸首当然是之前的那场大雨。泥石流只持续了十几分钟，就逐渐平息下来。孩子跌坐在不远处的湿地上，已经吓呆了。

这场小小的泥石流虽未造成人员伤亡，但却把连接山谷两岸的吊桥给毁了，只剩下那根供人们抓扶的钢丝绳还悬在那里，随着山风轻轻摇晃着。

人们在惊恐中清醒过来后，纷纷庆幸，如果再晚过来一会儿，就有被泥石流冲入谷底的可能，真是太悬了。

接下来，人们面临着必须解决的难题：怎么把孩子从对面弄过来？一会儿天黑了，一个小孩子单独留在那边，会有很多无法预知的危险。

人们面面相觑，都露出了无奈的表情。山谷虽然只有十几米宽，没有了桥，却是任何人无法逾越的。孩子的母亲终于控制不住，低声哭了起来。那个父亲，也紧皱眉头，唉声叹气，连连说真后悔参加了这次旅行。

这时，一个二十岁出头的小伙子站了出来，他说："别着急，我能把他抱过来。"

人们都把目光转向了他。有人认出，他是他们居住的那个城市杂技团的演员，擅长走钢丝。他试探着用手拽了拽那根供游人抓扶的钢丝绳，然后一纵身，灵巧地站在了钢丝绳上。

有人说："行吗？小伙子。"

小伙子笑了笑说："没问题，我平时表演用的那根钢丝绳，比这根可细多了。"

果然，小伙子如履平地般在钢丝绳上行走，在人们提心吊胆的关注下轻松地跨过了狭谷。

但那孩子却不领情，说什么也不肯让小伙子抱他。小伙子将他扛在肩上，他还不停地蹬着双腿。小伙子吓唬他说：“你再不老实，我就把你扔到山谷下面去！”

孩子终于安静了下来。

这次，小伙子走得十分小心，步子明显比上次迈得要小，动作也慢了许多。

众人都屏住呼吸，紧张地注视着他和肩上的孩子。

小伙子走了几步后，适应了肩上的负担，步子开始快了起来，身子也轻盈了许多。很快，小伙子就过了中间部位，接近谷边了。这时，小伙子做了个谁都预料不到的危险动作，他把肩上的孩子抱到胸前，然后向前高高抛起，在众人的惊叫声中，他一个健步追了上去，然后接住孩子，又一个飞跃跳到了谷边，纵身跳下了钢丝绳！

众人齐声叫好，同时响起一片热烈的掌声！

孩子的父母正对小伙子表达谢意，那孩子忽然哭了：“我的游戏机还在那边哩。”

人们往对面的谷边一看，孩子刚才跌坐的地方，有一个金属物体在闪闪发光。

孩子的父亲说：“不要了，回去再买个新的。”

众人也纷纷附和说，是呀，为这么个小玩意儿冒险，太不值了。

那小伙子笑了笑说：“没什么，我从七岁练功，都走了十五年钢丝了，要是有保险绳，翻着跟头过都没问题。”

小伙子说着，一纵身，上了钢丝绳。

那孩子的母亲说：“人家救了咱的孩子，又冒这么大风险去拿个玩具，咱可得好好谢谢他！”

孩子的父亲有些激动和感动，立即说：“我新开发的楼盘还闲着几套房子，送他一套也无所谓。”

这时，小伙子已经走到了山谷的正中，显然，他听到了孩子父母的对话，略微停了一下，回头问：“真的？”

孩子的父亲说：“不就几十万块钱吗？比起我们的孩子，这算什么！”

小伙子转过了头，继续往前走，这次他走得很保守、很谨慎，但忽然，他一个趔趄，大叫着跌下了山谷！

比武记

三里庙有两个著名的人物头子。一个是“牛皮大王”皮老五，另一个是村霸仇光棍。

皮老五爱吹，死的能吹成活的，黑的能吹成白的。尤其是喝了酒之后，爱吹他到东北逃荒的时候，曾拜过一位名师，学了一身功夫，曾在关东道上空手打倒过七个谋财谋色的劫匪，救了一个遇难的少女，那少女死活要跟着他，他嫌累赘，没要。但村里人从来没见他练过功夫，更没和人打过架，所以不知真假，因他平时爱吹，也就把这事列入了他的“吹项”。

仇光棍名副其实，一人吃饱了全家不饿，人很无赖，敲寡妇门挖绝户坟，啥缺德事都干，因他天生一副好身板，打架不要命，也不在乎进局子蹲小号之类的事，自称“大错不犯小错不断，气死公安难倒法院”，因此无人敢惹，久之便称霸全村，弄得村主任也很头疼。

一天，皮老五和本村的四五个人在村主任家喝酒。皮老五喝多了后，又当众吹“关东道上一人降七匪”的“典故”。村主任忽发奇想：让皮老五和仇光棍干一架，以吹治孬，不知是个什么结局。于是，村主任就笑眯眯地看着皮老五吹，使皮老五吹兴大发，越吹越悬乎。看看差不多了，村主任忽然问：“老五，你说，凭你这身横练功夫，像咱村仇光棍这种地痞，你捏他还不像捏小鸡子一样？”

皮老五愣了一下，随即点点头说：“那当然那当然，他只是一个无赖，真动起手来……哼哼……”皮老五便一脸的不屑。

村主任趁热打铁，叹了一口气说：“唉！仇光棍这个王八蛋老在村里这么称王称霸，弄得我这个破村主任也抬不起头来，要是你能出面收拾他一下，让他收敛收敛就好了，只是怕你不敢动他。”

皮老五当即就火了，他噌地站起来说：“啥？我怕他？姥姥，赶明儿我就收拾收拾他，看他还敢不敢在村里横行霸道！”

村主任给另外几个人一使眼色，大家心领神会，一块儿端起酒杯来敬皮老五，祝他明天旗开得胜，为民除害。皮老五也不含糊，端起大杯一饮而尽。

当天晚上，皮老五要收拾仇光棍的消息就传遍了全村。

第二天，快到晌午了，村子里还是非常平静。村主任沉不住气了，就带着几个人到了皮老五家里。

皮老五正坐在冲门的桌子前喝茶。村主任进门就问："昨天你说的什么话，还记得吗？"

皮老五一脸惊讶："昨天？昨天咱不是一块喝酒来吗？我说什么了？"

村主任一听就急了："皮老五，你真是个不折不扣的牛皮大王，昨天你不是吹着要收拾仇光棍吗？今天全不承认了！"

皮老五恍然大悟般拍了拍后脑勺说："噢，你看我这记性，好像有这么回事。这样吧，你派个人把仇光棍给我找来，看我怎么收拾他！"

一会儿，仇光棍气势汹汹地来了，进门就喊："找俺有啥事？"

村主任和其他几个人吓得赶紧躲到了一边。

皮老五却慢腾腾地站起来说："仇光棍，老子今天找你来，是想为全村除害，收拾收拾你这个王八蛋，省得你整天在村里横行霸道！你是空手还是抄家伙？菜刀在厨房里，门后还有铁锹斧头，你随便用，老子就空手会会你！"

仇光棍忽然换上了一副笑模样，弯下腰对皮老五说："五哥，咱哥儿俩谁跟谁来？俺再浑蛋，也不敢跟你发浑呀！"

皮老五飞起一脚将仇光棍踹了个趔趄，仇光棍眼一瞪，想急，但还是咽了口气，忍了。皮老五站起来，指着仇光棍的鼻子说："小子，我告诉你，从今往后，你要再敢在村里欺男霸女，我肯定好好收拾收拾你，今天看你还识相，滚吧！"

仇光棍如逢大赦般逃了。

村主任等几个人真的傻了眼，本想捉弄一下皮老五，没想到不可一世的仇光棍见了他竟然像耗子见了猫。不过这样也好，总算是为大家出了口气。

傍晚时分，全村人都听到了一阵山崩地裂般的砸门声，是仇光棍在砸皮老五的大门。

村主任赶过去时，皮老五的门前已经聚集了全村的人，比开会来的人还全。

仇光棍一边砸门一边喊："皮老五，你给老子滚出来，你给老子的酒不够，老子白白挨了你一脚……"

原来，昨天皮老五酒后说了大话，而且弄得全村都知道了，他怕下不来台，就悄悄找到仇光棍，让他配合自己演一场"戏"，事成之后给他打二十斤散白酒。仇光棍本身就是个酒鬼，因经常没钱买酒备受煎熬，这种挨一脚就挣二十斤酒的好事岂能错过，所以他很痛快地答应了。但事后，皮老五心疼酒钱，只给了他十五斤，他称着不够，就找上门来。

话说仇光棍见皮老五不出来，一拳将厚厚的大门砸下一块木板，并高声大骂："皮老五，你要不还老子的酒，老子要拍扁了你！"

门"吱"的一声开了，皮老五站在了门口，脸红得像猪肝。

仇光棍推了他一把问："你到底还不还老子的酒，说好让你踹一脚就给二十斤酒的……"

众目睽睽之下，皮老五忽然一把将仇光棍推了个趔趄说：

“去你的！老子啥时候说过给你酒了，全是你胡编出来的！”

仇光棍一见皮老五不认账了，就怒吼一声扑了上来，只见皮老五轻轻一闪身，脚下一绊，把仇光棍摔了个狗啃泥！

仇光棍爬起来后眼珠子都红了，他再次扑上去时，皮老五一弯腰，将肩膀顶在他的腰上，借力将他扛了起来，然后身子打了个转，将仇光棍扔了出去！“啪”的一声脆响，仇光棍重重地摔在坚硬的地上，半天没爬起来。

周围忽然爆发出一片热烈的掌声！

原来，皮老五在东北时确实练过几年，但他天生不爱惹事，只想把吹下的牛皮圆过去就算了，但今天在全村人面前，仇光棍不但揭了他的老底，而且辱骂他，他知道再不出手，今后就真的在村里抬不起头了，所以，他狠了狠心，真的把仇光棍给收拾了。

仇光棍在全村人面前丢了面子，从此再也横不起来了。

离婚记

米局长一回家就对老婆说："老婆，不好了，据内线提供的信息，龙腾公司的老总要出事了，他要出了事，弄不好就会牵扯到我。"

老婆一听也慌了："这些年你违规给他办了这么多事，收了他这么多钱，查出来可就坏了。"

米局长急得围着客厅直转圈。

老婆说："不行，咱主动点，把钱全交到纪检委，争取宽大处理？"

米局长说："不行，现在毕竟还不到最后的关头，咱自己跳出来，这不是傻吗？再说了，那么多钱，以后还会有机会弄回来吗？"

米局长又说："我倒有一个好办法，咱俩马上离婚，把财产全部转移给你，到时候我死不认账，他们也不会拿我怎么样，毕竟，我当了十几年的局长，和书记、市长关系都不错，拿不到铁证，他们不敢轻易动我。"

米局长说完这些话，发现老婆双眼直勾勾地盯着他看，他知道老婆在想什么，就拍了拍胸脯说："老婆，你放心，等风声过了，我一定会和你复婚的。"

老婆还是直勾勾地盯着他看，看得米局长有些发毛了。

米局长赌咒发誓："风声过了，我一定和你复婚，如果我不跟你复婚，叫我不得好死！"

老婆这才点了点头。

于是，米局长起草了一份《离婚协议书》，两人都签了字。那笔天文数字的钱，本来就是存在老婆账户上的，根本就不用转移了，当然，也不能写在《离婚协议书》上。

第二天，两人到民政局办了离婚手续。

为了把戏演得逼真一些，当天，老婆就搬到米局长的另一套豪宅里去住了。根据《离婚协议书》，这套价值不菲的豪宅也过户到了老婆名下。

不到一个月，龙腾公司的老总果然被检察机关"请"了去。

谁都没有想到，老总当天晚上就从软禁他的十楼窗台上跳了下去。

米局长终于松了一口气，他知道，老总的纵身一跳，使很多人都松了一口气。

米局长赶紧给老婆打电话："老婆，我没事了，咱们复婚吧？"

老婆问："复什么婚？"

米局长说："我对你作过承诺的，等事情过去就复婚。"

老婆说："可是，我并没有给你作过承诺呀？"

米局长感觉事情有些不对，就问："你现在在哪里？"

老婆却突然挂了机，再打，就没人接听了。

半小时后，满腹问号的米局长收到一封手机短信：

老米：

请原谅我的不辞而别，我已经在悉尼陪女儿好多天了，已经下定了决心，不回去了。

这些年，我感觉你离我越来越远了，你对钱的贪婪，对权术的玩弄，使我觉得你越来越陌生。尤其是你包小蜜的事败露后，我更是为你伤透了心、丢尽了脸。但是，为了女儿，为了我们的家庭，我一直隐忍着。那天我们办完离婚手续，我忽然感到一阵轻松，心情也没来由地好了起来。那时候我就想，如果我们这个离婚是真的，该多好……那套房子我也卖了，我现在花的都是卖房子的钱。以后，我要在这里找工作，自食其力。至于那些赃款，我已经捐给我们市的慈善总会了。你前面的事情我已经替你抹平了，以后的路该怎么走，那是你自己的事情了。

女儿也决定不回去了，不过，她还认你这个爸爸，答应每年回去看你……

看完短信，米局长跌坐在沙发上，呆了。

要工钱

临近年关了，民工周大伟一直在琢磨着怎样让老板郑百发把工钱发给他。

周大伟是农村来的建筑工，在城里这个工地上已经干了半年了，但老板郑百发一分钱也没有发给过他。不但没发给他，就连周大伟从村子里发动来的十几个人，也一分钱没领到。他们每次催要工钱，老板总是那几句话："再等等再等等，快了快了，这就快了。"如果催得急了，他便翻脸："人家不给我结算，我拿什么给你们发工钱？愿干就干，不愿干走人！"可是，谁也不敢走，谁都明白，这一走，工钱肯定是泡汤了。

现在，再有半个月就要过年了，十几个同乡还都指望着这钱过年呢，可他们连老板的面也见不着，真是急死人了。这十几个人，因为都是周大伟领出来的，现在领不到钱，都开始埋怨他，说什么话的都有，有的话还挺难听。周大伟又委屈又着急，嘴上、舌头上都起了大泡。

离年越来越近了，工地上也停工了。周大伟望穿了双眼也没把老板给盼来，无奈之下，竟然想出了一条“妙计”。

这天晚上，周大伟带领同村的十几个人，来到老板郑百发的家门口。周大伟因为给老板家干过几天零活，所以，他是唯一一个知道老板家的民工。老板住的是一个二层楼的独院，周大伟让其他人躲到一边，自己过去摁了摁门铃，不一会儿，门开了一个小方孔，里面一个女声问：“谁呀？这么晚了。”周大伟知道这是老板家的保姆吴婶，就甜甜地叫了一声：“吴婶，我是周大伟呀，前些日子过来修下水道的那一个。”吴婶对他还真有印象，就给他开了门。

周大伟随着吴婶进了客厅，见老板郑百发一家三口正坐在真皮沙发上看电视。郑百发一见是他，皱了皱眉头问：“周大伟，这么晚了有什么事？”

周大伟不卑不亢地说：“老板，都快过年了，你看这工钱……您给我们开了吧，我们都跟您干了半年了。”

郑百发漫不经心地看了看他说：“到年底吧，这几天还是没钱。”

周大伟强压住怒火说：“老板，今天就是腊月二十三了，在我们农村是过小年了，您还想拖到什么时候呀？”

郑百发没想到他会用这种口气跟他说话，瞪了他一眼说：“周大伟，我不想跟你废话，有事明天到工地上去说，你快走吧！”

周大伟忽地站起来说：“姓郑的，你别太欺负人了！今天我上你这里来，就打好了谱，要么拿着工钱回家，要么咱就谁也别过年了！”说着话，他“哧”的一声撕开了上衣的前襟，露出了腰里别着的一排炸药！

郑百发一看，不由得魂飞魄散，他赶紧站起来说：“兄弟，别冲动，别冲动，有话好好说……”郑百发的妻子和儿子吓得呆了，一句话也说不出来。

周大伟说：“郑老板，这都是你逼的，你不让我们活，我就只好和你同归于尽。”

郑百发连连说：“好好好！发工钱发工钱，我这就给你发工钱，你千万别、别干傻事呀……”

周大伟一只手攥着导火索，一只手从上衣口袋里取出一张纸说：“老板，我多一分钱也不要，我只想拿回我们村里这十几个人的，你看看这些数对不对。”

郑百发接过那张纸，只匆匆看了一眼，对呆若木鸡的妻子说：“快快，快到楼上的保险柜里拿钱。”不一会儿，郑百发的妻子就拿下来几沓崭新的百元钞票。周大伟仍然一只手攥着导火索，一只手数钱。由于紧张，他脸上的汗水像小溪般不断地淌下来。他也顾不上擦，以最快的速度将钱点够数，然后把多余的放在地板上：“老板，你看好了，我只要我们应得的，多一分也不要。”说完，他抱着钱，一步一步地退出了客厅……

周大伟没想到，他在电视上学的这一手竟然这么有效，一点儿周折也没费，就把工钱要到手了。一路上，工友们都簇拥着他，一边走一边纷纷称赞他的英雄壮举，说得周大伟心里美滋滋的。回到了他们住的工地简易房里，周大伟先解下了腰里的“炸药”（其实是沙子和牛皮纸伪装的），然后就把要来的工钱按各人所报的数目分了下去。

大伙儿一合计，干脆明天一早就回家，明年也不回来给郑百发干了。他们正想睡觉，一阵刺耳的警笛声由远及近，雪亮的灯光透过窗子将简易房里照得如同白昼。周大伟刚说了声“坏了”，门就被推开了，闯进来几个警察，一个领头的问：“谁是周大伟？”

周大伟一边系裤腰带一边站起来说：“我是。”顿时过来两个人拿手铐把他铐上了。周大伟大喊：“你们凭什么抓人！”领头的警察说：“有人告你持炸药入室抢劫！”周大伟声嘶力竭地说：“我没有抢劫！我只拿了我们的工钱，我多一分钱也没拿他的……”但警察根本不听他辩解，拖了他就走。

其他的工友们惊呆了，都在地铺上躺着，谁也没敢动。

周大伟被拘留了七天。起初周大伟不服，后来他接受了两次法律教育，终于明白自己的行为是违法了，虽然郑百发欠他们的钱，但他应该用合法的手段去索要。他这样夜入民宅，强行索要，性质就变了，他由原先的占理变成不占理了……

周大伟恢复自由的那天是大年三十，他走出拘留所，见十几个工友都在门外等着他呢。原来，他们都没有回家，一直找公安局要求保释，公安局虽然没有答应这件事，但却出面替他们和郑百发协调了一下，由刑警大队把周大伟那天晚上强行索要的工钱退还给了郑百发，郑百发当场又发还给了他们，这样，他们都能拿着工钱回家过年了。

叶　儿

村里最漂亮的姑娘叶儿毁容了！消息很快传遍了整个村子。

一个月前，村东头的养鳖专业户秋生托人来叶儿家求婚，恣得叶儿爹屁颠屁颠的。秋生是村里的大能人，这几年靠养鳖发了财，家里盖着小洋楼，出门开着小轿车，最近又安了互联网，坐家里就能和城里的大饭店谈买卖。能和这样的人攀上亲，叶儿爹觉得浑身上下都光彩。出乎意料的是，叶儿竟然死活不同意。叶儿爹逼命般追问，才知叶儿早就有了相好，是村里有名的才子光军。光军长得极帅，又经常在县广播站上发表通讯，叶儿对他很崇拜。光军口才极好，曾在花前月下对叶儿说了许多许多疼爱的话，并为她写过一首情诗，叶儿觉得幸福极了。而在叶儿的心目中，秋生比光军差远了。他不仅长得土头土脑，嘴还忒笨，每次见了叶儿总结结巴巴的话也说不圆图。不就是有几个钱吗？咱不稀罕。秋生听说叶儿不同意，就三天两趟往叶儿家跑，每次总给叶儿爹带几瓶酒或一只烧鸡。叶儿爹吃了人家的嘴短，就给叶儿说下了绝话："死妮子如不嫁秋生，爹就在墙角上一头碰死。"这一下子还真把叶儿吓住了，叶儿含着泪答应了。

叶儿口头上答应了嫁给秋生，可心里头还是放不下光军。叶儿就整日躲在屋里犯愁。后来叶儿竟苦想出一个法儿：秋生只是稀罕我漂亮，如果我不漂亮了呢？叶儿想了几天终于狠下心，用水果刀在自己的脸上划了两条长痕……

叶儿闭门在家里养伤，谁也不见。

半月后的一个晚上，叶儿解下了脸上的绷带，悄悄来到光军家里。

两人一照面，光军紧盯着叶儿的脸，吃惊得合不拢嘴。叶儿心一颤，两眼盯着光军，急问："我是不是很丑？""不！不……"光军躲闪着叶儿的眼神，神情很慌乱。叶儿忽然感到光军很陌生，就一把抓住他的衣领，厉声问："你是不是嫌我丑了？"光军又慌乱地看了叶儿一眼，忽然挣脱叶儿的手，逃命般跑进夜幕里。叶儿的心唰地凉到了底，一瞬间她醒悟到自己为光军毁容是大错特错了。

光军把叶儿甩了的消息在村里传得沸沸扬扬，人们就都骂光军狼心狗肺，骂得光军见人都灰灰的。没想到，几天后叶儿竟出嫁了。

娶叶儿的竟是秋生。

新婚之夜，叶儿却无半点喜色。叶儿幽幽地问："我这么丑，你怎还娶我？"

秋生一句话也没说，把一面镜子拿到叶儿面前。叶儿对着镜子一照，忽然就不相信自己的眼睛了。自毁容以后，叶儿一直没有勇气照镜子，甚至洗脸时也先闭了眼，将水搅乱后，再将脸凑近脸盆。后来，光军的背叛更使她对自己的容貌失去了信心。可在这洞房花烛之夜，她看到镜中的自己依然是那么美丽、动人，那光滑、白净的脸蛋上，仅留下两条细细的、淡红的痕迹，如果不仔细观察，根本看不出来。

良久，叶儿叹了口气，自言自语地说："光军真傻。"秋生在她面前轻声说："你毁容的第二天，我给了他五千块钱。"

叶儿窈窕的身子剧烈地颤抖了一下，两只秋水般的眸子惊诧地望着秋生，泪水盈满了双眼……

晚　点

男人慌里慌张地领着女人跑上站台时，车还没有进站。

男人听到一个手拿对讲机的执勤说，这班车要晚点一个小时。

男人的脸就灰了，说："车又晚点了，怎么老晚点。"

小站很小。仅有一排四五间平房，墙体上刷的油漆大部分脱落了，脱落了的地方露出水泥底子，像一幅抽象派油画。

都三十年了，小站周围的变化很大，起了很多的楼房，高档的外墙装饰非常扎眼，更加衬托出小站的破败。

站台上仅有十几个人，都在来回踱着步子，耐心地等待火车的到来。

已是晚秋，风很凉。女人竖起上衣领子，对男人说："不行，咱回吧，待在这里俺心里不踏实呀。"

男人说："别怕，没人会找你的，你毕竟不是三十年前的你了。"

女人说："是呀，都老了……"

三十年前，男人和女人都很年轻。在一次全县大会战的劳动中，男人和女人认识并相爱了。但女人的爹娘要用女人换回一个儿媳妇。男人家里是弟兄三个仨光棍，既没有姐妹可去换女人，也没有足够的彩礼去满足女人的爹娘。两人的事自然就没有盼头。但男人不信邪，约了女人私奔，女人犹犹豫豫地答应了。

一个夜晚，两人相约跑出了家门，来到了这个小站。那时的小站也是这个模样，但在两个年轻人的眼里还是非常新鲜的。他们在小站见了面后，都很激动，因为他们就要在一起了，谁也没法阻挡了。事先他们已经商量好了，去黑龙江投奔男人的一个姑妈。

本来两人的计划是天衣无缝的。男人已经事先问好了开车的时间，并提前买好了两人的车票。他们来到这里几乎正好是火车进站的时间。只要十几分钟，他们就可以双宿双栖了。

但是列车却给他们开了一个极其残忍的玩笑——车晚点了，晚了整整一个小时。

就在他们相偎着互相取暖时，女人家里的十多口人都找了过来。他们把男人打了个半死后，将女人五花大绑地弄回了家。

男人被家里人拉回家后，休养了一个月才能下地。这时，女人已经被爹娘匆匆地嫁出了。

男人又打了几年光棍，因为分了责任田，光景日渐好起来。男人虽已年近三十，但人长得魁梧，就有人上门提亲。但男人都拒绝了。后来，男人出人意料地去另一个村子当了倒插门，做了一家绝户的上门女婿。在农村，男人不到万不得已是不会走这一步的，因为倒插门就意味着“小子无能、改名换姓”，这是件丢祖宗脸的事。但男人宁可与家里人断了关系，也义无反顾地去做了倒插门。

后来有人才明白过来，春萍（即与男人相恋的女人）正是嫁到那个村子去的。

有人开始担心，担心两人再出什么事。但很多年过去了，两人都各自有了儿女，并没有什么事情发生。

日子一晃，男人与女人都老了。男人的媳妇先去了，得的是肺病。后来，女人的丈夫也被一场车祸夺去了性命。

再在街上碰面，男人和女人的眼里就开始焕发出一种已经消失了几十年的光彩。两人差着辈分，男人得管女人叫婶，为了避嫌，两人几十年来未说过一句话。

但男人不想再失去这一生中最后的机会，他大着胆子与女人约会，讲出了想破镜重圆的想法。女人犹犹豫豫地同意了。

但两人的事情再度遭到了强烈的反对。是双方的儿女。不是儿女不开化，是因为差着辈分，传出去太难听。

男人和女人耗了半年多，与儿女们也斗争了半年多，但最终未能如愿。男人与女人再次走上了三十年前私奔的旧途。

远远地，火车已经拉响了汽笛。站台上骚动起来。

男人抓住女人的手，有些兴奋地说："车进站了。"

女人抬头看了男人一眼，叹口气说："到底进站了，上次晚点，让咱俩晚了半辈子呀。"

车终于停在了站台上。但这时，女人的儿子、媳妇、闺女、女婿都来了，将女人强行架走了。临走，女人的儿子狠狠地瞪了男人一眼，那一眼好恶毒。

火车吐出一些人，又吞进去一些人，鸣着汽笛开走了。男人看着远去的火车，呆了半天，口水拖了一尺多长。良久，他喃喃地道："这次晚点，晚了我一辈子呀！"

男人就天天来火车站等火车。但男人并不真上车，他只关心车是否晚点，并经常一边望着铁路的远方，一边焦急地看着手表。站上的人赶他，但赶跑了几十次，几十次都接着回来了。站上的人就不再管他了。

男人成了站台上一道持久的风景。

玉米的馨香

那片玉米还在空旷的秋野上葱葱郁郁。

黄昏了。夕阳从西面的地平线上透射过来，映得玉米叶子金光闪闪，弥漫出一种辉煌、神圣的色彩。

三儿站在名为“秋种指挥部”的帐篷前，痴迷地望着那片葱郁的玉米。

早晨，三儿刚从篷内的小钢丝床上爬起来，乡长的吉普车便停到了门前。乡长没进门，只对三儿说了几句话，就匆匆忙忙地走了。

三儿便在乡长那几句话的余音里呆了半晌。

“明天一早，县领导要来这里检查秋收进度，你抓紧把那片站着的玉米搞掉，必要时，可以动用乡农机站的拖拉机强制。”乡长说。

三儿知道，那片唯一还站着的玉米至今还未成熟，它的品种属于“沈单七号”，生长期比普通品种长十多天，但玉米个儿大，籽粒饱满，产量高。

三儿还是去找了那片玉米的主人——一个五十多岁，瘦瘦的汉子，佝偻着腰。

三儿一说明来意，老汉眼里便有浑浊的泪涌落下来。

“俺还指望这片玉米给俺娃子定亲哩，这……”汉子为难地垂下了瘦瘦的头。

三儿的心里便酸酸的。三儿也是一个农民，因为稿子写得好，才被乡政府招聘当了报道员，和正式干部一样使用。三儿进了乡政府之后，村里的人突然都对他客气起来。连平日里从不用正眼看他的支书也请他撮了一顿。所以三儿很珍惜自己在乡政府的这个职位。

三儿回到“秋种指挥部”的帐篷时，已是晌午了。

三儿一进门就看见乡长正坐在里面，心便剧烈地顿了一顿。

“事情办妥了？”乡长问。

三儿呆呆地望着乡长。

“是那片玉米，搞掉没有？”乡长以为三儿没听明白。

“下午……下午就刨，我……我已和那户人家见过面了。”三儿都有点儿结巴起来。

乡长狐疑地盯了他一会儿，忽然就笑了。乡长站起来，拍了拍三儿的肩膀说：“你是不会拿自己的饭碗当儿戏的，对不对？”

三儿无声地点了点头。

乡长急急地走了。

三儿目送着乡长远去后，就站在帐篷前望着这片葱郁的玉米。

天黑了，那片玉米已变成了一片墨绿。晚风拂过，送来一缕缕迷人的馨香，三儿陶醉在玉米的馨香中，睡熟了。

第二天一大早，乡长和县里的检查团来到这片田地时，远远地，乡长就看到了那片葱郁的玉米在朝阳下越发地蓬勃。乡长就害怕地看旁边县长的脸色。县长正出神地望着那片玉米，咂了咂嘴说：“好香的玉米啊。”乡长刚长出了一口气，县长笑着对他说：“这片玉米还没成熟，你们没有搞‘一刀切’的形式主义，这很好。”乡长心里一块石头落了地，脸上一片灿烂，心想待会儿见了三儿那小子一定表扬他几句。

乡长将县长等领导都让进了帐篷。乡长正想喊三儿沏茶，才发现篷内已经空空如也。

三儿用过的铺盖整整齐齐地折叠在钢丝床上，被子上放着一纸“辞职书”。

乡长急忙跑出帐篷，四处观望，却没有看到一个人影。一阵晨风吹来，空气里溢满了玉米的馨香。乡长吸吸鼻子，眼睛湿润了。

大　号

老三在十岁那年爹娘因病去世。老三无兄弟姐妹，“老三”一称是村人的戏谑，爹为老大娘为老二。

其实，老三本来有大号的，他的大号是村里最有学问的“老学究”给取的，可村里人只对值得尊重的人称呼大号。老三当然没有资格享受被人称呼大号的“待遇”了。久而久之，老三的大号就被人忘记了。

老三的劣迹是从看青开始的。村主任可怜他是个孤儿，就安排他专门看青，春天看麦苗，夏天看玉米。老三虽然年龄小，但他却懂得利用自己的职权为自己谋私利。每看见有鸡吃青苗，他就拿着砖头往死里砸，砸死了就提回家煮着吃。久之，他的“砸鸡”技术竟练到了炉火纯青、登峰造极的地步，到了砖无虚发的境界。那年月庄户人都穷，都视鸡屁股为“小银行”，自然对老三恨之入骨，但因为他有看青这一“公务”

做掩护，也没人敢对他怎么样，因为如果你找他的麻烦，不就是等于承认自己的鸡吃了庄稼吗？所以人们只能更加小心看好自己的鸡。这样一来，老三就好长时间吃不上鸡肉了。老三就整天盼着有鸡来吃青苗。这一天，他终于看见“老学究”的一只鸡到了地边上了，心里便一阵狂喜，盼着那只鸡赶快往地里跑。这时候他也顾不得“老学究”的取名之恩了。但那只鸡却好像很有觉悟，有热爱集体财产的观念，在地边上磨蹭了半天，就是不肯越雷池半步。后来老三实在没耐心等了，就跑过去将鸡赶到地里，然后拿砖头给砸死了。不想，这事正好让“老学究”那壮牛般的二小子看见，就将他狠狠地揍了一顿。

几天后，“老学究”的柴火垛莫明其妙地失了火，而且老三还不在失火现场。一家人虽然知道是老三捣的鬼，但苦于没抓住把柄，只能打破门牙往肚里咽。自此之后，村里再也无人敢惹老三，只是在谈论他时在他的名字前面加了三个字，称“狗日的老三”，略表愤慨之情。

几年之后，村里就分了地。老三因为多年来只潜心研究“砸鸡”技术，从未摸过锄头把，所以他的地里就光长草不长庄稼。庄户人看重的是庄稼把式，称种不好地的人是懒汉二流子或“无浪混”，因而老三混到三十上仍是好汉一条。

多年的光棍生活使老三养成了两个毛病。一个毛病是唱荤歌，另一个毛病是蹭酒喝。

老三不务农事，整天围着个村子瞎转悠。看到谁家垒个茅房、猪圈什么的，他便自告奋勇地脱下身上那件四季不换的破夹袄，搭上手就干。干到晌午，他就心安理得地坐在人家家里等着上酒上菜。如果他转悠了一圈仍然找不到蹭酒的差事，他就采取另一条策略。他找到以前曾给干过活的人家，拍拍他给人家垒的墙问："这墙还结实不？"意在提醒他曾给人家垒过墙。有这点事做话头，他就坐在人家家里天南海北地胡吹一通，直到人家端上饭，他才咽口唾沫问："有酒吗？喝点。"

老三蹭酒喝和唱荤歌是流水作业，逢喝了酒，他就身子歪斜地在大街上晃荡，碰见大闺女小媳妇就开始唱："姑娘有块田呀，荒了十八年呀，实行了责任制呀，谁种谁拿钱……"直唱得大闺女小媳妇脸红红的，逃也似的往家跑，老三便得意地哈哈大笑。

老三真正臭名昭著是从赵大寡妇身上开始的。赵大寡妇是村里最俊的媳妇，身条儿、脸皮儿都没得说。她男人死一年多了，不知为什么她一直没"走路"。老三便整天计划着填补她的空缺。那一天，老三在街上碰见了她，就大着胆子说："嫂子，晚上给俺留个门，俺陪陪你。"赵大寡妇瞟了他一眼，扔下一句"俺给你留着窗户"就走了。老三想好事心切，没咂摸出话里的滋味，当即冲着她的背影说："窗户也中，俺一准儿去。"

晚上，老三如约而至。他轻轻敲了敲窗户，窗户便"唰"的一声打开了。老三心头一阵狂喜，正想往里爬，一盆水兜头倾泻了下来，把他淋成了落汤鸡。他还没弄明白怎么回事，就听一声娇呼“抓贼呀”，七八个彪形大汉好像从天而降，棍棒齐抡，把老三砸了个半死。

这件事使老三好长时间没敢出门。伤好后，他实在耐不住寂寞，又厚着脸皮游荡到街上。

老三刚游荡到街上就发现了一个蹭酒喝的差事。“老学究”的儿子正在扒房，准备扒了旧房盖新房。老三就义无反顾地扒了那件旧夹袄，正想上阵，在旁边搂着孙子坐镇的“老学究”冷冷地说：“人手够了！”老三抖了一下身子，极尴尬地收住了脚步，讪讪地退到一边。

旧房已经扒下房顶，人们正在放墙。几个汉子拿镢头在墙根处“嗵嗵”地刨了一阵，然后都转到另一边去推。汉子们叫着号子，一二三！那墙便剧烈地晃动起来，并且幅度越来越大。忽然，从墙顶上“扑啦啦”掉下一只羽毛未丰的小麻雀。“老学究”的孙子眼尖，欢叫一声就跑了过去。他刚跑到墙根处，那墙就在汉子们的号子声中倒了下来！“老学究”绝望地惨叫了一声，闭上了眼睛。

“轰！”墙倒了。“老学究”睁开眼睛，见小孙子完好无损地趴在自己怀里，疑是做梦。环顾四周，才发现少了老三。他打了个愣神，随即疯了般扑到墙土上，用两只枯瘦的老手拼命扒起来。

当人们把老三扒出来时，老三已经咽了气。“老学究”热泪盈眶，猛然长哭一声“志远哪”，就扑倒在老三的身上。

人们这才知道老三的大号叫志远。

要　账

太阳才一竿子高，柴庄的老柴就骑上他那辆扔到哪里都放心的破车子上路了。临出门，女人拽着车子叮嘱他："回来时别忘了捎瓶久效磷，这棉花再不打药就被虫子吃光了。"他嘴里应着，不耐烦地推开女人的手，就上了车子。老柴去的村子叫后马屯。后马屯的老马欠老柴五百块钱，已欠了三四年。老柴下决心今天一定把这笔钱要回来。老柴一边骑着车子一边编织着见了老马后要说的话。老柴是个一说谎就脸红的人，所以老柴决定实话实说，就说娃考上了初中要交学费，就说自个和女人已借遍了村子没借到钱，请老马无论如何发发慈悲把钱还了。想到这里老柴就觉得今天这事很有把握。其实老柴昨天已去了一趟，和老马约好了今天去拿钱，老马也是爽爽快快地答应了的。

七八里路，老柴还没怎么着急赶就到了。老马的家就在村头上，院子是用秫秸围成的，没大门，老柴就熟门熟路地骑了进去。进了院老柴心里就忽悠了一家伙，屋门竟是上了锁的。老柴心里就有些生气，这个老马，咋又打听不住了呢？

天色还早，老柴就支好自行车，坐在北屋的门台上吸烟。老柴想反正是跑得了和尚跑不了庙，我就早晚等着你。老柴一边抽着烟，一边暗暗计算他来这里要钱的次数。第一次来老马说卖了猪后一定还。第二次老马说他的猪半夜让人给绑架了，下来庄稼卖了粮食一定给。第三次老柴一进门老马就哭了，老马说："老柴你今天一定要钱的话就把我的头割下来当猪头卖了吧，我的粮食交了公粮就剩下这点了。"说着话老马顺手从屋子角上拎过半口袋麦子……算着算着老柴就记不清来过多少次了。日头暖洋洋地晒在身上，老柴就有些犯困。

老柴刚想迷糊过去，老马急三火四地从外面跑了进来，进门就咋呼："哟！大哥来了！瞧你，怎么不进屋？"老柴刚想说"你锁着门我怎么进去"的话，就见老马抓住锁，咔吧一拽打开了门，老马笑嘻嘻地说："咱这锁是糊弄洋鬼子的玩意儿。"说着话极热情地把老柴往屋里让。

进了屋，老柴在冲门一把旧椅子上刚坐下，老马就开始问好，问老柴的爹、老柴的娘、老柴的老婆、老柴的孩子都好吗。老柴叠声地说着好，心说老马这人还是不错的，就有些不好意思起来。可老柴很警惕，及时地收起了那份不好意思，想谈钱的事。他刚张了张嘴，老马便使大劲“咳”了一声，老马说：“你看这事，怎么忘了给大哥拿烟。”就手忙脚乱地拉抽屉开橱子，忙了半天却一根烟也没找到。老柴只好拿出自己的烟，递了一根给老马，老马极恭敬地用双手接过，放在鼻子下面闻了又闻，才小心翼翼地点着，吝啬地吸了一小口。一根烟抽到半截，老柴刚想说话，老马已先开了口。老马说：“大哥今天来一定是为那笔钱的事吧？”老柴心说这还用说吗，昨天说好了的。老马的脸上顿时愁云密布，老马说：“刚才我出去就为这事，你猜我去管谁借钱了？”老柴说：“我猜不到。”老马说：“我管陈虎借钱了。”老柴一惊，说：“你不是和陈虎翻脸了吗？”老马说：“是呀，我实在没了别的法子才进了他家的门，可你猜他怎么说？”老柴摇了摇头。老马一拍大腿说：“他说只要我给他跪下磕仨头，五百元立马拿出来。”老柴又一惊，问：“你磕了吗？”老马说：“你猜呢？”老柴说：“这头万万不能磕。”老马说：“谁说不是呢？可我一寻思大哥你今天来拿钱，不磕头拿什么给你？我就磕了。”老柴忽地站起来，惊问：“你竟真磕了？”老马说真磕了。老柴一急竟不知说什么好，围屋子转了个圈说：“你呀你呀……”就再也说不出话来。老马说：“大哥你也别瞧不起我，这还不是为了还你的钱。”老柴忽然就觉得挺内疚，老柴说：“老马，真难为你了。”老马说：“只要能还大哥的钱，磕几个头也没什么，可他又反悔了，说磕得不响，钱不借了。”老柴气急道：“他这不是不讲理吗？”老马说：“他就是不讲理了，我和他讲理，他三拳两脚就把我打了出来，你看看你看看。”说着老马就指着脸让老柴看。老柴一看老马的脸上真有一块青紫的伤痕，心越发软了，老柴说：“老马兄弟，这全怪大哥，大哥对不起你了。”老马听说，竟趴在桌子上呜呜哭了起来。

老柴见天已近晌，老马又哭个不停，就起身告辞。老马却“噌”的一声蹿起来，用袖子擦了擦脸上的泪痕说：“大哥走就是瞧不起人，我老马穷是穷一点儿，饭还是要管的。”老柴见他这样说，就觉得走也不是留也不是了。老马却已忙活着翻腾那个脏兮兮的菜橱子，翻了半天没翻出什么，就一把拽住老柴道：“走，咱去饭馆吃，我请你的客。”老柴说：“你没钱怎请客？”老马说：“这年头请客还用钱？谁不是赊着？”说着话拽着老柴就走。

饭馆在村子中央的街面上，不大，只三张饭桌。两人在靠墙角的一张桌前坐下来，老马就张罗着点菜。老柴不断地说“简单点简单点”，老马还是点了四个菜。酒是当地生产的“禹王亭”佳酿，味道很纯正。两人一杯接一杯地对饮起来。老马不断地给老柴斟酒倒茶，老柴越觉得老马这人除了穷点儿，其他都好，就说了一些安慰体贴的话。两人越谈越投机，一瓶酒很快见了底。于是又要了一瓶，喝到一半，老马就撑不住眼皮，一边让着老柴“喝喝喝”，一边打起盹儿来。老柴也有了醉意，觉得再喝就回不去了，便放下酒杯说：“老马，我喝足了，咱走吧。”老马便摇摇晃晃地站了起来。

两人刚出了饭馆的门，老板就追了出来。老板抓住老马说：“你还没算账呢。”老马斜了老板一眼，醉态十足地说：“记上账吧，赊着。”老板一瞪眼说：“你以前赊的还没还呢，这次不赊了。”老马一用力甩开老板的手说：“老子没钱，不赊又怎样？”老板说：“你们没钱还喝什么酒？”听见吵闹，就有人围上来看热闹。老柴见越围人越多，觉得这样下去怪丢人的，就一手掏出口袋里女人让买久效磷的三十元钱，塞给饭馆的老板，另一只手拽了老马就走。

老柴将老马送回家，安顿他睡下，就骑上自己的破车子上了路。风一迎，老柴就觉得胸腔间有一股火直往上撞，渐渐地双眼迷糊起来，终于打了个盹儿，连人带车闯进沟里。冰凉的水一激，老柴清醒了些，他爬起来，看着满身的泥水，心想，老马这五百块钱是万万要不得了。

飘飞的汇款单

杨树屯是个穷村。杨树屯的特点是光棍特别多，尤其是冬闲时节，光棍们都聚在村委会的门口晒日头、扯闲篇，一聚就是十几个、二十几个，已经成为本村的一大景观。

越是光棍多的村庄，就越难找到媳妇。这其中的原因，除了因为村里光棍多出了名，姑娘们不敢垂青外，还有一个非常重要的原因：那就是打“破头血”的特别多。打“破头血”是鲁西北一带的方言，也叫“扒瞎”，就是把别人的好事搅黄的意思。打“破头血”的人，多为光棍的父母，因为身为光棍的父母，村子里的光棍越多，他们的压力就越轻，如果别人家的光棍都娶上了媳妇，那自己的孩子可就孤单了，那自己就显得太窝囊太无能了。因此，就使出吃奶的能耐来从中搅和。这样一来，村里的小伙子只要过了二十三四岁，被打入“光棍”的行列后，就很难再有娶上媳妇的可能了。

村西头的四顺子有三个儿子，老大已经二十六岁了，还打着光棍。而且如果老大打了光棍，老二、老三的媳妇更是炮仗扔到水里——想（响）也别想。村里就有和四顺子不相上下的老哥儿仨，五十上下了，至今还都“棍”着。因此，四顺子的三个儿子打光棍那基本上是铁板钉钉的事了。

但令村人意想不到的是，四顺子的大儿子居然进了城，说是跟他姑父学做生意去了。那年月还没有出门打工这种事，所以能进城就很令人羡慕。更令人意想不到的是，一个阳光明媚的上午，乡邮局的邮递员骑着绿色的自行车飘然而至，问晒日头的人们：“杨四顺在不在？”四顺子便大声地喊：“在呢，在呢。”邮递员一边从文件夹子里取出一张绿色的汇款单，一边说：“有汇款，回家拿手戳。”四顺子便屁颠屁颠地跑着回家取手戳了。人们便都围上去看那张汇款单，一看，便咋舌：好家伙！三百块哪！顶一个乡干部三个月的工资哪！一看汇款人的名字，竟然是杨四顺的大儿子！人们便赞叹：哎哟！人家的孩子怎么这么出息呀！

自此，每到月初月末这几天，邮递员便翩然而至，来了就喊：“杨四顺，拿手戳！”自从第一次接到汇款，四顺子就把手戳内部钻了个眼儿，用一根麻绳穿了，系在了裤腰带上。他总是边从裤腰带上解手戳边对周围的人说：“这样方便，省得老回家去拿。”好像他们家天天来汇款。

四顺子的大儿子出名了，成了周围无人不知的大能人。不用说，提亲的踏破了门槛。

但四顺子并不张扬，有媒人来，他就笑，就说："俺家可什么也没有，穷着哪！"媒人也笑，人家不论穷富，就图一个人。

提亲的太多了，这四顺子一家竟挑花了眼，不知订哪家好了。后来，邻村有一家托媒人捎来了话：只要亲戚能成，可以不要彩礼。四顺子一听，这才到城里把大儿子领了回来。大儿子人长得帅气，又穿着和乡下人不一样的西服，就更加鹤立鸡群。女方看了一百个满意，像怕女婿跑了似的，前脚定了亲，后脚就催着娶，于是，不到一个月，新媳妇便进了门。

大儿子娶上了媳妇，主要任务是延续后代了。大儿子便把城里的生意交给了老二，一心一意在家里一边侍弄庄稼一边侍弄媳妇。

老二去了城里后，不负众望，每月仍有绿色的汇款单飘然而至。

提亲的人再次踏破了四顺子家的门槛。四顺子仍哭穷，仍然咧着嘴说："俺家里可什么也没有呀！"媒人就笑："人家还不是图你家的小子有能耐吗？人家不要彩礼……"

不出两年，四顺子的三个儿子都娶上了如花似玉的媳妇，嫉妒得一村人眼红。四顺子的儿子不再去城里做生意了，说是城里的生意不好做了。四顺子就带着一帮儿子、儿媳搞养殖，养鸡、养鸭、养猪，日子眼看着就红火了起来。不出五年，四顺子给三个儿子每人盖了一处红砖到顶的新房子，三处新房子在全村的土坯房衬托下更是鹤立鸡群。

四顺子日子过好了，就染上了饮酒的嗜好，整天满脸带着红光。儿子儿媳们当然不敢说什么，老爷子是全家的有功之臣呀！

在一次酒后，四顺子说出了心里埋藏了很久的秘密。四顺子说：“城里的钱哪那么好挣呀，那都是孩子他姑父的钱，汇过来，我再给他汇回去，下个月，再汇过来，就这么捣腾捣腾，儿媳妇就自动上门了……这有了人气，还愁日子过不好吗？”

村人才恍然大悟，都骂四顺子是一只狡猾的老狐狸，是大骗子。但骂过了，又一琢磨，人家的日子确实过到了全村人的前头，还得说人家有本事呀！

私　了

石头娘让蝎子给打了。

蝎子是村里最著名的大孬种，平日里在街上走路总是横着膀子，瞅谁不对劲抬腿就是一脚，连村支书也不敢惹他。

石头娘本来不敢惹蝎子的，石头娘见了蝎子头也不敢抬，唯恐碰上他那恶狠狠的目光。

事情出在一只羊的身上。石头娘喂了一只羊，因为是一只羊不值当牵着去放，石头娘每天就把它拴在屋后的水沟沿上，让它自个吃草，反刍，晒太阳。这只羊与世无争地吃了一年草，晒了一年的太阳，居然修炼出了道行，把铁链子挣断了。羊一旦没了束缚，便沟上沟下地撒起欢来。后来这只羊跑累了，停下来喘息。它停下来的地方是蝎子的韭菜地，它见韭菜绿汪汪挺可爱的，就顺便啃了几口。可能是韭菜太辣的缘故，羊啃了几口后就不啃了，并决定走出韭菜地去吃草。这时蝎子恰好来地里割韭菜，一见羊在他的韭菜地里顿时火冒三丈。他弯腰拣起一块硬坷垃，恶狠狠地朝羊砸了过去。羊极其灵巧地一闪，硬坷垃砸在了韭菜地里，至少有二十多根韭菜给砸趴下了。羊见势不妙，掉头就往家跑。蝎子一边怒骂着，一边追过来。

石头娘在院内的压水机旁洗床单，听见有人骂羊，就挓挲着两只湿手跑了出来。一出大门，正好看见自己喂的那只羊冲过来，擦着她的腿跑进了院子。随后，蝎子张牙舞爪地也蹿了过来。石头娘隐隐约约地明白了出了什么事，预感到大祸临头了。

蝎子气势汹汹地欲闯进大门惩罚那只胆大妄为的羊。出于本能，石头娘下意识地叉开双腿，双臂一伸拦住了他，同时还极其微弱地喊了一声“站住”。

蝎子愣了愣，他没有想到石头娘居然敢拦他。石头娘喂的羊啃了他的韭菜，石头娘居然还敢庇护那只罪魁祸首的羊。

蝎子就习惯性地甩出了那只打人的手，石头娘的左颊上顿时多了五道鲜红的指印。她还没叫出声来，小腹上又挨了狠狠的一脚，整个身子仰面朝天跌在了地上。蝎子又在石头娘的腰上踹了两脚，拍拍手走了。

石头娘支撑起上身，呆呆地坐在地上，直到蝎子走出了她门前的这条胡同，她才像忽然明白了什么似的号啕大哭起来。

哭号了一阵，引来了一大帮子街坊邻居，石头娘就一遍又一遍地哭诉自己的不幸遭遇，鼻涕眼泪把她上身穿的那件小碎花褂子的前襟都湿透了。几个老妇人一边劝解她，一边将她弄到了家里，围在她身边没完没了地说一些宽慰的话。

下半晌，石头爹和石头从地里回来了，石头娘又把自己挨打的事哭诉了一番。石头娘说："疼不疼还不要紧，要紧的是这人咱丢不起。俺一个妇道人家脸皮不值钱，你爷儿俩可都是大男人，以后还想在村里抬头吗？"石头爹听完，一声不吭地拿起筛子就给牛筛草去。石头娘对石头垂泪道："石头呀，你爹窝囊了大半辈子，娘这口气就指望你出了。"身材瘦小的石头晃了晃自己细如麻秆的胳膊，苦着脸摇了摇头。石头娘就绝望地号哭起来。石头一时手足无措，一着急，眼前竟忽地一亮。石头就喊："娘，俺给你出气。"石头娘止住悲声，盯着石头问："你能打得过蝎子？"石头一笑说："我的同学刚当了咱镇上派出所的所长。"

石头推着自行车刚出大门，就碰上了本村卖豆腐的结巴。结巴问："你你你干干什么去？"石头说："俺俺俺去镇派出所，俺俺俺去找俺那当所长的同学。"

石头说着就骑上了车子。到村口，遇见了蝎子的二大爷，蝎子的二大爷问："你干什么去？"石头说："俺去镇派出所，找俺那当所长的同学。"蝎子的二大爷就冲着石头的背影好一阵发愣。

村子离镇上很近，一顿饭的工夫石头就回来了。石头一进门就兴奋地大喊："娘，俺同学来了，开着警车去抓蝎子了。"石头娘从床上忽地坐起来问："真去抓了？"石头狠狠点了几下头说："真去抓了。俺同学说现在正搞严打，对蝎子这样的村霸就得狠狠治一治。"石头娘听完，呆了半晌，叹了口气，没说什么，又躺下了。

门外忽然响了两声喇叭，石头正想迎出去，却见那同学所长正全副武装走进院来，后面还跟着一个警察。石头问："抓了吗？"同学将手里的烟屁股狠狠扔了说："他竟然提前得了信跑了。"石头一怔，脑子里忽然映现出结巴和蝎子的二大爷，心里悔得不行。

见天色已晚，石头就留同学和那个警察吃饭。同学不客气地应允了。石头去村里的副食店里买来了两荤四素六样小菜，两瓶酒，爷儿俩陪着两个警察喝起来。石头娘一个人待着无趣，就进了里屋。

一边喝着酒，石头一边和同学叙旧，说的全是在学校读书时的人和事。另一个警察和石头爹插不上嘴，就呆坐着。石头爹觉得挺尴尬，就一个劲儿地举杯让那个警察："喝酒喝酒，他们说他们的，咱喝咱的。"一杯酒下去，又没有词了。只好再拿起筷子让菜："吃菜吃菜。"石头和同学拉得兴起，竟将酒杯放到一边，用茶碗喝起来。

门口传来几下很小心的敲门声。石头过去将门拉开，见是蝎子娘，就打了个愣神。蝎子娘慌慌张张地往屋里瞧一眼问：

“你娘呢？”石头这才发现蝎子娘还提着一篮子鸡蛋，就拉开门放她进来说：“俺娘在屋里呢。”蝎子娘低着头，不敢看桌前的警察，溜着墙根进了里屋。

石头娘见是蝎子娘，就坐在床头上一动未动。蝎子娘说：“他嫂子，俺替你大兄弟给你赔罪来了。”将一篮子鸡蛋放在了床边上。

石头娘一声未吭。蝎子娘又说：“本来想叫你大兄弟自个儿给你磕头呢，见你门上停着公安上的车，就没敢。”

石头娘把头扭向了墙壁，蝎子娘就将笑堆满在一张麻脸上，推了她一把说：“他嫂子，俗话说不看僧面看佛面，看在我这老不死的这张老脸上，你也得说个话吧。”抻了一会儿，见石头娘脸色有些缓和，就又说:“其实，蝎子这孩子人倒不孬，就是有个驴脾气。事儿一过，他后悔得直想撞墙，你这当嫂子的就饶了他这一回吧，谁叫你是他嫂子哩。小叔嫂子，乱打吵子，一家人的事，用得着公家出面吗？”

石头娘一想，蝎子娘说得也在理，庄里庄乡的，真把他怎么样了就落下一辈子的仇。心下一放松，又想起去年过麦打场时，蝎子还给她家打过场，干了半天活饭也没吃就走了。想到这里石头娘就冲外间喊石头，石头应了一声进来了。

一会儿，石头回到外屋，不好意思地对同学说：“你看能不能……私了，不抓那个人了？”同学反问：“你不出气了？”石头说:“那人的娘来给俺娘长脸哩，咱面子上过得去就行了。”

同学冷笑一声问：“那以后呢？以后你不还得受他的气？”见石头低头不语，同学叹了口气说：“好，就依你，不抓了。”

石头将同学送到大门外，同学临上车时忽然踹了石头一脚说：“下次别再找我！”石头不明白同学的话是什么意思，正想拉开车门问问，车已发动起来，并拉响了刺耳的警笛，向镇子的方向驶去。

我的中考

临近中考的前几天，是个上午，班长对我说："李老师让你去一趟。"

自从我的成绩滑下来，李老师从没有找过我，快考试了，找我干什么呢？

带着疑问，我忐忑不安地走进了李老师的办公室。

李老师很瘦，有点儿驼背，五十多岁了，但视力尚好，一直没有戴眼镜。他面色平和，示意我在他对面的椅子上坐下来。我这才松了一口气。

李老师问："这次中考，你觉得有把握吗？"

我低下了头，最近的几次测验，我都是倒数七八名，别说考上，连及格的可能性都没有。

李老师又说："如果你觉得没希望，就不如不考，你的成绩实在是差得太远，不可能有奇迹发生的。"

我疑惑地问："为什么不考？"

李老师微微一笑说："如果不考，你可以为家里省下五块钱的卷子费和考试费。你想想吧，反正也考不上，何必浪费这个钱呢？"

我一听，觉得李老师说得太有道理了，要知道，1986 年的五块钱几乎等于现在的五十元呀！

我很干脆地说："那我就不考了。"

李老师让我在一张表格上签了个名，当即从抽屉里拿出五块钱给了我。

走出办公室，我想，李老师真不错，知道我考不上，连五块钱的卷子费都给我省了。

回到家里，我没有提退回五块钱的事，为的是能自由支配这笔钱。到了考试的那一天，我像往常一样来到了学校。

我们的教室做了考场，整个校园都静悄悄的。我无处可去，只好背着书包走出学校的大门，来到操场上。

宽阔的操场上空无一人，我独自在篮球架附近徘徊，觉得孤独又无聊。树上的蝉开始叫了，这更增加了我的烦躁。不知为什么，明知道自己考不上，可看到整个学校的学生都在考试，而只有我一个人置身事外，总有一种落寞的感觉。

忽然，我听到有人在喊我的名字，左右环顾，发现声音来自学校的院墙上。喊我的是全班的第一名（倒数）马连军。马连军喊："哎，傻青，在这儿转悠呢？"

我一喜，问："怎么，你也没考？"

马连军没接我的话茬，而是诡秘地冲我一笑说："快到宿舍来，有好事。"

我又匆匆赶回学校，来到了全校唯一的一间宿舍里。一进门，发现屋里人不少，全是些调皮捣蛋的货色。我明白了，这些人全是被"照顾"了的。这间宿舍平时白天总锁着门，看来今天是为了收容我们这些"难民"而法外开恩了。有了难友，我的心情不再那么沉闷了，高兴地加入到他们的打扑克行列里。我们来的是"大跃进"，六个人，只要一个人赢了就算一把，输了的五个人都拿出五毛钱。那是我第一次，也是至今为止的唯一一次赌钱，当时觉得既开心又刺激。快中午时，我的钱已经输得精光，这时，心里才有了一点点的后悔。

我们中个头最大的刘星忽然将手中的牌一摔说："不玩了，不管是赢了的，还是输了的，都把自己的五块钱全拿出来。"桌子上一下扔了很多零票，赢了钱的全退了回来，又把自己的五块钱拿出来，六个人整整凑了三十块钱。刘星将钱一卷，往兜里一塞说："走，出去喝一顿。"

我们来到学校门口的油条铺。学校是在村里，没有酒楼饭店，校门口的油条铺是唯一能吃饭的地方。我们要了点儿花生米，炒了几个青菜，打了点散酒，就像模像样地喝起来。那是我第一次喝酒，几口下去，有点儿晕，但那滋味有点儿舒服。我说："真多亏了李老师，要不，我们哪来钱喝酒呀？"

马连军马上说："错！这是我们自己的钱，不用感激他。"

刘星喝得猛了点儿，脸和眼睛都已经红了。他嘴已经不利索了，但还是他的话最多。他搂着我的脖子，满嘴喷着酒气说："你知道李老师为什么不让我们考试吗？"

不等我回答，他又接着说："他不是为了给我们省钱，他是为了自己。今年的中考评比，不比考中的人数，而是比参加考试的人数和考中人数的百分比，我们这些注定考不上的累赘不考了，那他的百分比不就高了吗？"

其他几个人一起说："对！李老师就是把我们当包袱一样给甩了！"

马连军举起杯来说："难兄难弟们，我们分别在即了，为了被抛弃而干杯！"

干！干！干！……

我们都喝醉了。我和马连军抱头痛哭。

清醒过来之后，我们都明白，我们都是绝对没有希望考上的，让我们抄袭都抄不对。但被婉拒在考场之外，尽管有那诱人的五块钱，我们仍然难受。为什么难受？天知道。

一九四四年的爱情

凤娇第一次看到李长庚时，是 1944 年的 7 月。

凤娇家的米店，叫“闫记米行”，是从凤娇爷爷那一辈传下来的，在东沙古镇小有名气。店不大，临街只有两间门脸，坐北朝南，后面是一个小院，有三间北屋，一间是凤娇的爹娘住着，一间是凤娇的闺房，闲下的一间，是客房，平日里也放些杂物。院子的一角，是厨房兼餐厅，因靠山，又恰临近一条长年不断的溪水，凤娇的爷爷在世时，就用一根长长的竹竿，将溪水引到厨房里，平日里烧水做饭，洗洗涮涮，方便得很。

凤娇自幼有早起的习惯，长大后的这几年里，每天早晨开门、挂幌、清扫门店这些活儿，全是她做。

这天清晨，凤娇刚刚打开门，就见门口站着一个青年，穿一身青色长衫，留短发，一双黑亮的眼睛和凤娇的目光碰了个正着。那青年笑了，露出一副整齐洁白的牙齿，显得整张脸明朗生动起来。凤娇平日里并不是个腼腆姑娘，却没来由的脸红了。

青年问："打扰一下，请问这里住有一个李长庚先生吗？"

凤娇愣了一下，坚决地摇了摇头。她从小在这米店里长大，店里还从来没有住过外人。

青年有些失望，他后退了两步，抬头看了看门头上面的匾额，放大了声音，又重新问了一遍："打扰一下，请问这里住有一个李长庚先生吗？"

凤娇觉得这人有些不可理喻，正想叱责，背后传来爹的声音："您是他亲戚还是他朋友？"

青年眼睛重新亮了一下，接口道："不是亲戚也不是朋友，是多年不曾联系的老乡。"

凤娇听到爹的声音有些颤抖，爹说："进来说话。"

那青年进门后，爹的双手就紧紧地握住了他的双手，然后，拽着他直奔后院。

看得凤娇一头雾水。

那青年以伙计的身份在客房里住了下来。

有趣的是，后来，凤娇知道这个青年就叫李长庚，李长庚找"李长庚"，这是什么事呢？很多年很多年之后，凤娇才明白了这是"什么事"。

凤娇不明白，店里的事本来就不太忙，为什么还要雇伙计。

凤娇更不明白的是，李长庚除了每天早晨帮助她打扫一下店内外的卫生，对米店里的事基本不插手。他每天都要背上一个褡子外出，有时很晚才回来。回来后，就躲在客房里，门关得紧紧的，不知在做什么。问爹，爹不让管，问娘，娘也不让她打听，只让她做好自个该做的事就行了。

这一日上午，天晴得没有一丝云彩。米店里来了一个邮差，送来一封信。信上写的是：李长庚君亲启。

凤娇端详信封上的字，字迹娟秀隽雅，明显是出自一个女人之手。凤娇瞅着这字，就像瞅见了一个仪态万方的女子站在面前，一时竟有些发呆。她想也没想，就要动手拆这封信，旁边的爹眼疾手快，一把夺了过去，叱道:“别人的信！如何拆得？”

委屈像水一样漫了上来，爹还从来没有这么叱责过她。她擦了擦涌出来的泪，一扭身子，跑到了自己的房间里。

这天晚饭前，李长庚回来了。他接过凤娇爹递过去的那封信，略显疲惫的眼睛顿时活泛了，他立即跑到客房，反锁了门，半天没有出来。

这之后，每隔几天，就有信来。李长庚每次收到信，都会躲到屋子里看半天，然后，他把写好的回信封好，托凤娇爹让邮差捎走。

凤娇不知自己是怎么了，每次看到有李长庚的信来，便会感到一阵莫名的烦躁，脾气也格外地糟，一整天都不愿理人。

大约半年后的一天上午，李长庚刚刚出门，邮差送来他的一封信，凤娇接过来一看，信封上的字迹有些潦草，像一个不修边幅的男人，和以前的字大相径庭。

这一天晚上，李长庚没有过来吃晚饭，凤娇的爹娘也没有让她去叫，都一副心事重重的样子。

从这一天起，再也不见有信来，李长庚也变得沉默寡言了。以前，他总将自己收拾得体体面面，换下的衣服当天就洗得干干净净。眼下，他连续几天都不刮脸，胡子都快一拃长了，换下的脏衣服也堆在床头不管了。

后来，凤娇的娘悄悄告诉她，李先生的未婚妻被日本人杀害了。

凤娇的心被扎了一下，那娟秀隽雅的字体在眼前恍然一现。

凤娇开始照顾李长庚的生活，帮他洗衣服，整理房间，早晨还把热水端到他房间里，催促他刮脸。

李长庚默默地顺从着她，既不反对，也无所表示。倒是凤娇娘告诫她，一个姑娘家，做事要有分寸。凤娇像没听见，依然是我行我素。

秋风凉了的时候，李长庚要走了。凤娇听爹讲，他已经办完了这里的事情，要换一个地方了。

李长庚走的那天，凤娇坚持送他，爹娘也劝不住。凤娇和李长庚并排走在东沙古镇的街上，俊男靓女，引得无数路人侧目。

临上船时，凤娇对李长庚说：“李先生，你不管走多么远，要记得给我写信……我、我会一直等着你回来……”

说完这些话，凤娇像完成了一件重大的事情一般，毅然转身向家的方向跑去，任泪水汪洋恣肆地洒在青石路上。

东沙古镇的人都知道，闫记米行老板的女儿，有了一个英俊儒雅的意中人。古镇民风淳朴，几个原本中意于闫家小姐的男子，也都知趣地死了那份心。

李长庚走后，凤娇每天都盼着他的信。可是，那信差就如和她结了仇般，再也没有上门。

凤娇日渐消瘦，每日里仍端坐在米店的门口，向街上张望。

一年过去了，三年过去了，五年过去了。李长庚没有半点儿消息。

凤娇仍“待”字闺中，不肯嫁人。

爹见女儿已经无可救药，只得把实情告诉她：李长庚离开东沙古镇的第二天就牺牲了。因为汉奸的出卖，他在接头地点刚一出现就被十几个日本特务团团包围了。见突围无望，他迅速拉响了腰间的手雷……

这天晚上，凤娇在后院为李长庚烧了一大堆纸钱，她看着漫天飞舞的纸灰说：“李先生，我这辈子等不上你了，那我就等你下辈子……”

闫凤娇终身未嫁。

抽签记

国强、立军和柳梦是从小一块玩大的挚友。他们住在一个大院里，一块上的小学、中学、大学，又同一年参加了工作，虽然分配在不同的单位，但因都没成家，仍然住在一个大院里。

随着三个人年龄的递增，一个问题渐渐地摆在了三个人的面前：身为男子汉的国强和立军同时喜欢上了柳梦，而柳梦只能从两人之中选择一个做丈夫。

这是一种非常艰难的选择，在柳梦的心目中，两人的人品、学识、修养甚至于爱她的程度都是不相上下的，更重要的是，她不忍心嫁一个而伤害另一个。

这件事就这么一年年地拖下来了。

转眼间，三人都年届三十了，三人的父母首先沉不住气了，整日唉声叹气。尤其是柳梦的父母，更是愁眉不展，这女孩子更是耽误不起呀!

必须有个了断了。

国强和立军凑在了一家小酒馆里，以前，他们三个人经常来这儿聚餐。多年来，国强和立军并没有因为彼此成为情敌而反目，而是随着年龄的增长情谊更加深厚了。但他们在一起时，一直都在小心翼翼地回避着和柳梦的感情问题。如今，时间已经不允许他们再这么既心照不宣又不解决地拖下去了。他们喝了很多酒，终于想出了一个办法:赌一把!谁赢了谁娶柳梦。为了让柳梦死心塌地地和两人中的幸运者结婚，另一个输掉的人必须远离本市，另谋出路，以免节外生枝。怎么赌呢?两人又合计了半天，最后决定用最简单易行的办法：抽签!谁抽到写有“柳梦”二字的签，谁就是赢家，抽到空签的就无条件地放弃。

国强做签，然后将做好的两支签放在一个喝水的瓷杯里，由立军先抽。

签是用白纸卷的，有筷子那么粗。

两人都屏住了呼吸，等待着这扣人心弦的一刻。

立军哆哆嗦嗦地在两支签之间选择了良久，最后一咬牙，抽出了一支。

立军将纸签缓缓展开，忽然长出了一口气，一脸歉疚地望着国强。

国强勉强笑了笑问：“怎么了?”

立军说："国强，对不起了，我抽到了。"说着，将签递到国强的面前。

国强看了看自己亲手做的纸签，面无表情地说："立军，恭喜了。"说着，将桌上的茶杯拿起来，连同另一支纸签，一起扔出了窗外！

随着茶杯在窗外的碎裂声，国强头也不回地走出了屋子。

国强走了。他辞了公职，去南方打工了。

几天后，立军从对国强的愧疚中解脱了出来。他来到柳梦的家里，准备和她商量一下结婚的事。

一进门，见柳梦正打点行装。立军诧异地问："你要出门？"

柳梦神色凝重地说："对，我要去找国强。"

立军一愣，不解地问："为什么？"

柳梦的泪就无声地淌了下来。

柳梦说："立军，你知道吗，你们打赌的那天晚上，我就在窗外站着呢。国强扔到窗外的那支纸签，我捡起来了，上面也写着我的名字呢。"

立军如梦初醒：原来国强为了成全他，竟做了两支相同的纸签，无论他抽哪一支，他都是赢家呀！

柳梦接着说："你知道吗，在你们打赌之前，国强就已经辞去了公职，并且联系好了广州的一家民营公司，他为了成全我们，早就安排好了这一切。以前，我在你们两人之间难以选择，可是现在，我已经决定选择他了，国强他既重情又重义，宁可牺牲自己也要成全别人，他才是真正的男人呀！”

听了柳梦的一席话，立军羞愧地低下了头，他知道，这次打赌，国强才是真正的赢家，他靠一颗高贵的心最终赢得了柳梦的芳心。

柳梦踏上了寻找国强的旅途……

考 验

刚到下班时间，我又开始犯愁了：干什么去呢？

以前，每天下班后，我都是和女朋友侯颖待在一起。可是，现在她去北京谋求更大的发展了。没办法，在这个城市，她在工作上总不顺心，换换空间也好。

手机响了。我接起来一听，是女朋友的铁杆姐妹何晓柳。何晓柳是搞电脑平面设计的，在一家规模较大的广告公司上班。以前，女朋友经常带她到我这里来蹭饭，挺熟的。何晓柳问：“晚上请你吃饭，赏不赏脸啊？”

我问：“都有谁呀？”

“就咱俩，去吃烤肉，怎么样？”

我想，女朋友不在身边，和她的姐妹单独吃饭，这总归不太好。就回绝她说：“晚上我还有个应酬。”

何晓柳说："我已经到你公司楼下了，要不，你带我去应酬吧。"

我只得撒谎说："我已经出来了，在开发区明湖度假村呢。"

何晓柳说："别蒙我了，我看见你的车还在呢。"

我说："我没开车，是坐朋友的车来的。"

这时，门开了，何晓柳风情万种地站在门口，绷着脸冲我冷笑。

我只得报以尴尬的傻笑。

没办法，我只得请她好好地撮了一顿，以示赔罪。

从这天起，何晓柳每到下班时间会准时给我打电话，然后约我一起吃饭。我无奈，只得打电话给女朋友侯颖，侯颖在电话里轻描淡写地说："这有什么呀？晓柳又不是外人，你们在一块儿吃吃饭，能怎么样呀？"

我一想，也对，是自己想多了。从此，我就心安理得地和何晓柳出入各种快餐店、大排档了。有熟人见了，还以为我又换了女朋友。

一个周末，何晓柳因工作上的失误被上司训了一顿，又被罚了款，心情很是不好。晚上吃饭时，她频频对我举杯、干杯，我劝也劝不住，结果我们喝了一箱啤酒，她醉得分不清东西南北了。我开车送她回家，但她已经找不到家了。没办法，我只得带她回到了我的住处，照顾她在床上睡下。

早晨，我刚从客厅的沙发上醒来，发现何晓柳坐在我的面前，正不眨眼地盯着我看。见我醒来了，她忽然羞涩地笑了一下，猛然扑在了我的身上，对着我的脸一通狂吻……我挣扎着将她掀到一边，有些气恼地对她说：“晓柳，你这样不好，对不起侯颖对你的信任。”

何晓柳眼睛里闪烁着情欲的火苗，边向我身上靠近边说：“侯颖走这么长时间了，难道你就不想……是我不够漂亮吗……”

我再一次推开她说：“何晓柳，请你自重，如果你再这样，我们就只能绝交！”

何晓柳沉默了。良久，她才平静地对我说：“你不要把我何晓柳看轻了，其实，这一切都是侯颖的安排，她一方面让我看着你，一方面让我试探你，她这样值得你对她这么忠诚吗？”

我大吃一惊：侯颖竟然这么不信任我。我有些气恼，但没有表露出来，只是冷冷地说：“她这么做是因为爱我、在乎我，为了爱，这种错误是可以原谅的。”

何晓柳忽然泪流满面，她流着泪看了我半天，然后一言不发地走了。

大约一周后，我收到一封侯颖的挂号信，挺厚的。拆开一看，真的傻了：里面是十几张我和一个陌生女孩子半裸着身子在一起亲热的照片。

我想，这么简单的电脑拼图不会骗了侯颖吧？就赶紧打侯颖的手机，打通后，侯颖很平静地对我说：“你不用解释了，你自己寻花问柳也就罢了，可你不该把晓柳也用酒灌醉后给欺负了……”

我说：“不是这样的……”

侯颖已经关了机。

我把何晓柳约到了一家茶社的雅间里。我问：“为什么害我？”

何晓柳又一次流泪了，她说：“开始的时候，我只是侯颖考验你的一个道具，可是，经过考验，我发现你是目前非常稀有的绝种好男人了，错过了你，我怕会后悔一辈子……”

我没等她说完，就站了起来。

何晓柳拦住我问：“你不是说，为了爱，有些错误是可以原谅的吗？”

我说：“这不包括侮辱和陷害。”说完就走出了茶社。

我怀揣着同何晓柳谈话的录音，开始给侯颖打电话，起初，她的手机一直是关机，几天后，就成了空号。打她的公司，却被告知她已经辞职不知去向了。

侯颖在我的世界里蒸发了。现在，我正徘徊在北京的街头，苦苦地寻找她，我已经没有了与她重修旧好的想法，只是想告诉她，并不是所有的事情都是眼见为实的，有时候你亲眼看到的，恰恰是假的。

请你求求我

火根第二天就要去省城的大学里读书了。晚饭刚过，火根的家里便坐满了村里的乡亲。大家谈得正热闹，陈艳一推门进来了。人们顿时鸦雀无声了。

陈艳旁若无人地抓住火根的胳膊就往外拽。火根对大伙说："我去去就来！"

来到村外的树林里，陈艳扑到了火根的怀里说："火根，还生我的气吗？"

陈艳三年前就和火根谈恋爱，每到周末就骑自行车到县城里把火根接回来，星期天傍黑再送回去。火根很感动，就拼命地用功学习，想将来考上大学，把爹娘和陈艳都接到城里去，让他们都过上好日子。可是后来，他听村里好多人说，陈艳和村主任经常混在一起，有时在村委会一待就是半夜。火根不信，可后来火根到玉米地里拔草，亲眼看到村主任和陈艳赤身裸体地绞在一块儿……

火根说:“陈艳，咱俩就算了吧，我不可能再和你在一起了。”

陈艳跪在地上哭着说：“火根，俺求你了，等他给俺哥批了宅基地，就不和他在一块了。”

火根冷笑着说：“你的身子就值一块宅基地？”

火根说完就走。

陈艳忽地站起来，对着火根的背影说：“火根，你早晚会后悔的，你早晚会求着我的！”

第二天一早，下起了大雨。火根正愁没法去汽车站呢，乡政府的吉普车停在了门口。陈艳在车上招了招手说：“火根，这车是村主任帮我借到的，只要你说一句求我的话，我就让车直接送你去县城。”火根背上行李，披了块麻袋片子就冲进了雨中。

四年后，火根大学毕业了。这四年中，火根只回过一趟家，每到假期都留在城里打工挣学费。火根回家的时候，听人说起过陈艳，她也去了省城，并且傍上了大款，每次回来都是轿车接送。

火根毕业后，就四处求职，却四处碰壁。现在的大学生太多了，想找个适合的工作实在是不容易。

这一天，火根参加完一个大公司的招聘会，当场被告知录用名额已满，失魂落魄地走出了大门。他身上的钱已经快用完了，如果近两天找不到工作，他就只能流落街头了。

忽然，一只大手拍上了火根的肩头。火根一看，是刚才负责招聘的那个李副总。李副总笑着说：“你叫火根吧，我们董事长请你过去一下。”

火根被人送到一个豪华的办公室。火根一进门，就被里面的装修和陈设弄得有些眼花缭乱的。这时，一个娇滴滴的声音传过来：“火根，还认识我吗？”

火根注目一看，老板台后面坐着的，竟然是浓妆艳抹的陈艳。火根转身就往外走。

陈艳上来拦住他说：“火根，你还是那个脾气呀！要知道，脾气可不能当饭吃哟！”

火根平静地说：“请你让开。”

陈艳妩媚地笑了一下说：“火根，只要你今天跪下来求我一次，你就是这个公司的总经理了，这间办公室，还有我这个人，就都是你的了。”

火根仍然平静地说：“请你让开。”

陈艳瞪大了眼睛说：“火根，你别不识好歹，你打拼一辈子，也坐不上这个位置，为了这个位置，我忍辱负重，费了多少心血呀，今天你只要跪下来求我一次，就全是你的了！”

火根冷笑了一下说：“我承受不起。”

陈艳恼火地说：“火根，你可不要给我扮酷，过了这个村可就没了这个店了，为了今天，我可是什么都付出去了，你知道吗？那个男人是个变态狂，他整天让我……”

“别脏了我的耳朵！”火根恼怒地打断了她，然后一把将她推开，大踏步地走了出去。

陈艳歇斯底里地尖叫了一声，追上来死死地拽住他的胳膊，跪在地上说：“火根，我求求你，你别走，我请你求我一次好不好？我都等了四年了……”

火根头也不回地站在原地，冷冷地问：“你让我求你什么？除了钱，你有什么可求的？”

陈艳遭了雷击般瘫在了地上，手无力地松开了。

李副总过来，拍了拍火根的肩膀说：“小伙子，你走吧，咱后会有期。”

时间又匆匆地过了半年，这半年中，火根找了很多临时性的工作，勉强能糊口。

当火根对省城失去了希望，准备去北京打工时，他接到了一个电话。

还是在那间豪华的办公室，不过，接待他的是李副总。陈艳早已经被公安机关带走了。一年前，她用掺了灭鼠强的啤酒毒死了自己的情夫，占有了情夫的大量财产，然后，她用这笔钱买下了本公司半数以上的股份，成了董事长。但不久，公安机关就破获了这起案子，她的那些股份都被收缴了。现在，李副总作为公司最大的股东，已经成为新的董事长。

李董事长握着火根的手说：“现在我以公司董事会的名义，

请你加盟我们的公司，任副总经理。”

火根迟疑地说：“可……可我没有管理经验呀！”

李董事长笑了笑说：“有些东西是可以学的，但有些东西，比如你与生俱来的正气和骨气，不是什么人都能学来的。”

一句话让火根泪如雨下。

爱　莲

爱莲是村里最惹人羡慕的姑娘，人俊俏，脾气柔和，尤其是她的刺绣活，更是堪称一绝。爱莲心里早就有了人，他就是村里唯一一个做服装生意的龙力。爱莲喜欢龙力的闯劲和上进心，她知道龙力早晚会成就一番事业。

果然，龙力的服装生意越做越大了，他已不满足于在农村赶小集了，准备到县城去开一家服装商店。临走的头天晚上，爱莲把卖绣品攒下的五千元钱送到龙力的家里。临走，龙力紧紧抱住她不松手，一遍又一遍地吻着她说："莲，我永远爱你。"

龙力的生意越来越忙，爱莲好久见不到他的人影了，就抽了一个空闲的日子，叫村里的一个姐妹陪着来城里看望龙力。

龙力正在办公室里坐着，见了爱莲，忙不迭地吩咐一个打扮得很入时的女孩子沏茶、端瓜子。那女孩儿一边干着活，一边用眼角不住地瞟着爱莲。

中午，龙力把爱莲和同去的那个姐妹领到了一家大饭店的雅座里，那个女孩子也跟着去了。龙力大方地要了一桌子菜，然后就开始大杯地喝酒。几个女孩子都喝饮料。龙力喝到醉醺醺的时候，两个服务小姐一左一右坐在了他的两边，龙力顺手一揽将两个小姐同时抱在了怀里。两个小姐就将酒一杯一杯地直接倒进他的嘴里。那个打扮入时的女孩子挺生气，就骂骂咧咧地上前拽开了她们。爱莲一直静静地看着这一切，一句话也没有说。

临走的时候，爱莲才低声对龙力说："刚才，你全是做给我看的吗？"见龙力无语，她又低声说了一句："其实，你又何苦如此？"

爱莲回家不到两天，就收到了龙力寄来的五千元钱和一封信。爱莲把钱从邮局取出来，重新又存入了银行。那封信，爱莲拆也没拆就烧了。

一天，县外贸的一个人找到爱莲家里，说爱莲的刺绣产品已称得上是工艺品了，如果拿到国际市场上，肯定会受欢迎。那人还说了想和爱莲联合办一个刺绣厂的意向，爱莲负责技术培训和组织生产，外贸负责销售。爱莲爽快地答应了。

爱莲先把精心绣制的样品交给外贸去联系订单，然后取出银行里存的五千元钱当作启动资金，购买了一些必需的工具和材料，并在家里的两间空房子里抓紧教村里的姐妹们刺绣技术。姐妹们都基本掌握了要领时，订单也来到了，这个没有厂房的小厂就开始了生产。

爱莲对产品质量要求得很严格，对不合格的产品，宁可自己一宿不睡觉也要修好。他们的产品很快在国际市场上打开了销路，订单越来越多了。爱莲适时补充了人员，在外村接连招了几批新职工，由技术已经熟练的本村姐妹负责培训。厂子越办越大了，三年后就正儿八经地建起了一套厂房，套起了一个大院，成了一家像模像样的私营企业。

爱莲成了方圆几十里有名的青年企业家。这一来，向爱莲求婚的人更多了。但是，所有的求婚者都被爱莲委婉地拒绝了。姐妹们都关心她，问她想要个什么样的。爱莲说："我想等办完两件大事后再考虑自己的事。"姐妹们都沉默了。她们知道，爱莲的两件大事是在村里修一座学校和一座敬老院。但这需要几十万的资金，谈何容易。

就在爱莲的刺绣厂正红火的时候，龙力突然来找她借钱。

龙力出事了。龙力仅用几年的时间就挣了五六十万元，脑子一发热，就把商店交给那个打扮入时的女孩子经营，自己跑到深圳去炒股票了。结果他一入股市就陷进了超级机构设置的圈套，购买的股票一夜之间一落千丈，资金全被牢牢地套住了。祸不单行，当狼狈不堪地回到本市时，痛心地发现他的服装商店已成了一副空架子，那个女孩子席卷了他的资金逃之夭夭了。这接二连三的变故给了龙力几乎致命的打击。银行开始向他追要贷款，他聘用的那些营业员也纷纷找他要工资。在他多方周旋无效的情况下，只得硬着头皮来找爱莲借钱，并且一张嘴就二十万，一半用来还账，另一半用来重整旗鼓。姐妹们都劝爱莲别把钱借给这个狼心狗肺的人，以免打了水漂。爱莲想了想说："乡里乡亲的，总不能见死不救吧。"就写了一张十万元的支票交给龙力说："我只能借给你这些，先把账还上，其余的事你自己想办法吧！"龙力看了看这十万元的支票，沉思了片刻，然后咬了咬牙，像下了什么决心似的又默默地把支票还给了爱莲。爱莲惊诧地盯着他问："为什么？"龙力苦苦地笑了笑，转身走了。

两年之后，一座占地十五亩的敬老院建起来了。竣工典礼刚结束，爱莲就病倒了。一查，竟是绝症。尽管爱莲一再嘱咐知情的姐妹们保密，但全村人还是都知道了，一时间，村里一片惋惜声：这好人咋就不长寿呢？

由于刺绣厂的效益较好，近两年来周围接二连三地冒出几十个同类厂家，市场很快达到了饱和，爱莲的刺绣厂因产品积压严重，被迫停产了。爱莲流着眼泪对姐妹们说："我没有完成自己的心愿，死也不会瞑目。"

就在爱莲奄奄一息的时候，龙力回来了。

这两年来，龙力一直在炒股，由于他吸取了以前的教训，凭着自己的聪明，很快成为一名炒股高手，收入也颇丰。龙力回到村里，知道爱莲的情况后，立即拿着一张三十万元的支票来到她家里。他双手递过那一张三十万元的支票说："爱莲，这是我用来赎罪的，请你无论如何收下。"

爱莲艰难地摇了摇头。

龙力流着眼泪说："爱莲，你知道吗，当初你把那十万元的支票交给我的时候，我的心是什么滋味？我对不起你在先，但你没有说过一句怨言，使我的心里一直非常愧疚。我找你借钱是假，我只是为了给你一个骂我、侮辱我的机会，那样我就不欠你的了。但你没有，还把辛辛苦苦挣来的钱借给我，将心比心，我不是人哪！"说罢，这个健壮的汉子竟然趴在床头上"呜呜"地哭了起来。

爱莲的泪水也顺着苍白的面孔滑落到枕巾上。

龙力在回村的第二天就开始张罗修建学校的事，他说："我一定要让爱莲亲眼看见学校建成。"

半年之后，一所高标准的学校建成了。爱莲就在学校开学典礼的当天欣慰地闭上了眼睛。

龙力把这所学校命名为"爱莲学校"。从此以后，每逢有人问起这所学校校名的由来，村里的每一个人都会作出同一种回答："我们村里曾有一个好姑娘，她叫爱莲。"如果再深问下去，就没有了回答，只有一脸晶莹的泪水。

胡一刀的爱情故事

胡一刀初中毕业没考上高中，也没考上中专，就跟他屠夫舅舅学徒，几年后学成了一个小屠夫。

胡一刀真名叫胡宗南，和一个历史人物同名同姓。“胡一刀”这个外号，是他当上屠夫后获得的。

县城的农贸市场里，有个全城出名的地痞，叫范老九。范老九生得人高马大，却什么事都不干，每天穿行于各个铺面之间，收取保护费。对于肉案子后的这些屠夫们，他不收钱，只收猪腰子，每头猪的两只猪腰子，都是他的。他收了后，再高价卖给饭店。因他身强体壮，打架还不要命，所以没人敢跟他硬碰。他也被人举报过多次，但终因犯的事太小，关个五六天就放出来了。惩治最厉害的一次，也不过是公安部门搞运动时把他弄到车上游了游街。他不但不在乎，反而把这些劣迹当作唬人的资本，动不动就喊：“老子都七进七出了，也不在乎多进去几次，有种就去告我！”

胡宗南刚来农贸市场卖肉时，见范老九挨个肉案子收猪腰子，从东头收到西头，收完后转身就走了，连句话都没有。而屠夫们呢，该干吗干吗，就像没看见他一样。胡宗南不明白怎么回事，还以为他是老客户，早晚给钱呢。等范老九走了，别人才告诉他，这人拿腰子是不给钱的，不仅如此，猪腰子还贵贱不能卖给别人，早晚给这人留着，否则会有麻烦的。

第二天，范老九收猪腰子收到胡宗南这里，刚伸出手，胡宗南就用割肉的刀子把两个腰子压住了。

范老九诧异地抬头看了看他，问：“想干吗？”

胡宗南说：“不干吗，给钱，连昨天的一块给。”

范老九笑了，左右看了看其他卖肉的屠夫们，屠夫们也都笑了。范老九说：“小兄弟，刚来的吧，还不懂规矩。”

胡宗南也笑了，说：“俺只懂得公平买卖，不想懂什么规矩。”

范老九将手提袋放在肉案子上，捋了捋袖子。鲁西北的汉子们，想打架或向对方表示要动武时，都是先撸袖子，这是通用的信号，也是对弱者的示威。

胡宗南放下刀子，也往上捋了捋袖子说：“想打架呀？你也不一定能打过俺。”

范老九上下打量了一下胡宗南一米八五的个头，还有裸露出的胳膊上突起的腱子肉，又笑了：“兄弟，咱俩这体格，要动起手来谁也沾不了光，咱就叫个板吧，你不是有刀吗？有种的，一刀把俺捅了！没种的，乖乖地按规矩办事。”

胡宗南拿起了那把锋利的尖刀。

范老九明显地怔了一下子。

这时，附近卖肉的、卖菜的，赶早来采买的男男女女都围了上来。

胡宗南说：“捅你？捅了你俺还坐牢哩，不划算。”说着，拿刀就在自己的左胳膊上割了一刀，血一下涌了上来。

范老九拿起胡宗南扔给他的刀子，也在胳膊上割了一下，血也涌了出来，不过，伤口明显要浅，血流得也不多。

胡宗南不屑地看了看范老九的伤口，重新拿过刀子，把左手的小拇指平放在肉案子上，刀光一闪，在人们的惊呼声中，一截手指在肉案子上跳了起来，然后，落下，再跳起来，再落下，还兀自不停地蠕动。

范老九恐惧地看着胡宗南递过来的刀子，忽然一转身，挤出人群，跑了。

“有种呀！”很多人都竖起了大拇指。有个看热闹的焦急地喊：“别光顾着表扬他，快送医院哪，还能接上呢。”

由于离医院近，那截断指真的接上了，但却远远不如以前灵活了。

从此，范老九再没来收过猪腰子。

事发的当天，屠夫们纷纷议论说：“这个小胡，眼都没眨呀！”

“真有种，一刀就把自个儿的手指头剁下来了！”

“简直是个胡一刀呀！”

恰好，电视上正热播孟飞、伍宇娟版的电视连续剧《雪山飞狐》，大侠胡一刀的名字正在人们的口头上热着，有人一提这个茬儿，人们就都管胡宗南叫胡一刀了，偏偏他又是个天天拿刀的屠夫，不久，“胡一刀”就在周围叫开了。

一个初秋的晚上，胡一刀去和一家饭店的老板结算肉钱。由于老板自己兼着厨师，等炒完菜，已经是晚上十点多了。两人算完了账，老板见胡一刀还没吃饭，心里过意不去，就炒了两个菜，留胡一刀喝了个小酒。饭后，已经是凌晨了。胡一刀骑上他那辆满是油污的自行车回家。

我们村子和县城之间，隔着一条大河，叫徒骇河，是大禹治水时疏通的九条大河之一。所以，胡一刀回家，必须经过徒骇河大桥。这一晚，他刚骑上大桥，就听见桥中间那块有吵嚷声，间或还有女人求救的声音。他赶紧猛蹬了几下，来到了桥中央。借着月光，他见五六个男人围着一个姑娘，正撕扯姑娘的衣服，姑娘拼命呼救。他大喊一声就冲了上去，三两下就将他们拽开了。那姑娘一见，哭叫着扑上来，抱住了他的一只胳膊，把头紧紧贴在他的胸前。那几个男人见只有他一个人，一边叫骂着，一边呈三面合围之势冲他逼了上来，有两个还掏出了雪亮的匕首。那姑娘吓得全身发抖，紧紧抓住他的胳膊不松手。他只好搀扶着那姑娘，一步步后退着，直退到桥栏上。

其中一个拿刀的男人说："小子，快滚开就什么事也没有，再管闲事就给你放放血！"胡一刀见突围无望，忽然拦腰将姑娘抱了起来，一用力抛向了桥下。在那姑娘的尖叫声中，几个男人也同时发出惊呼，还没等他们明白过来，胡一刀翻身越过桥栏，急如流星般向桥下坠去！

桥上的几个男人面面相觑了片刻，赶紧逃离了。

胡一刀和那姑娘先后落水，他抄起姑娘的一只胳膊，让她的头在外面露着，然后用一只手奋力向岸边划去。

一会儿就上了岸，那姑娘因呛了一口水，咳嗽了半天。咳嗽完了，姑娘说："你真大胆，淹死俺咋办呀？"

胡一刀说："俺是在这条河里泡大的，有俺在，保证淹不死你。"

姑娘是县化肥厂的工人，刚下了夜班，就碰上了这么一帮流氓，要不是胡一刀果断地带她跳了河，后果真是不堪设想。当下，胡一刀将姑娘送到了家门口，姑娘问："你是哪村的，叫什么名字？"胡一刀说："俺是五合庄的，叫胡一刀。"

几天后，胡一刀接到了一封信，信很简单：胡大侠，我想和你谈恋爱，你若同意，星期天上午十点到上次救我的地方见面。朗剑秋。

不久，农民屠夫胡一刀找了个漂亮工人老婆的故事，在当地传为佳话。

要知道，八十年代初的工人和农民，也就是非农业户口和农业户口之间，还隔着一条很大的鸿沟呢。

送你一枝“爱情鸟”

女孩的“勿忘我”鲜花店开业的第一天，生意很清淡，只有一个男孩子在店里转了几圈，一副百无聊赖的样子。后来，男孩出乎意料地买了三枝红玫瑰，并要求女孩代送。女孩的花店只有女孩一个人，她又不想关门，就央那个男孩帮她看一会儿店，她尽快赶回来。男孩爽快地答应了。女孩在为男孩包扎完鲜花后，想到这是自己的第一笔生意，就从花篮里挑了一枝绿色的花插到红玫瑰里，对男孩说：“你是我的第一笔生意，送你一枝‘爱情鸟’。”看男孩发愣，女孩解释说：“这是一种南方的花草，叫‘爱情鸟’。”

女孩将鲜花送到男孩指定的地点，见到了那个叫“娟”的女孩。女孩娟接过鲜花后，看了看卡上的姓名，只淡淡地说了声“谢谢”，就将花随便放在一边，忙自己的事了。女孩提醒她说:“要尽快把花插在花瓶里，否则花会枯萎的。”娟说:“你没看我正忙着吗？”女孩自讨了个没趣，神色黯然地回来了。

女孩很为那个男孩不值。但当她回到花店，碰到男孩热切的目光时，她不忍心刺激他了，她违心地说：“娟接受了鲜花，很高兴，她说谢谢你。”男孩的脸上一片灿烂。

从此，每逢周末的傍晚，男孩总会准时来到“勿忘我”鲜花店，并且一成不变地买三枝红玫瑰，请女孩转送给那个叫娟的女孩子。女孩娟每次从女孩手里接过鲜花，脸上的表情总是淡淡的，有时还有些不耐烦。女孩想娟可能不喜欢那个男孩，女孩很为那个男孩不平。但每次回去见了男孩那热切的目光，女孩就再也无法将实话说出来，女孩不想伤害那个痴情的男孩。有时，女孩下决心要对男孩说实话，不要让他再在娟的身上多花费时间和钱。但这样的话女孩总说不出口。女孩想：也许时间长了，女孩娟就会被这个男孩感动了，男孩总有一天会成功的。久而久之，这成了女孩子安慰自己的理由。

这样大约过了半年的时间。一个周末的早上，男孩早早地来到了“勿忘我”鲜花店。男孩对女孩说：“请你再最后为我送一次鲜花吧，今天是娟订婚的日子。”女孩愣了，为这个令人遗憾的结局，更为了男孩的那份坦然和坚毅。

女孩又包扎了三枝红玫瑰，并将一枝“爱情鸟”插在了中间，这束鲜花红的红艳绝伦，绿的青翠欲滴，红红绿绿交相辉映，十分鲜艳。女孩说："这是最后一次为你送花了，送你一枝'爱情鸟'吧。"

女孩正想出门时，天上忽然下起了大雨。男孩很不安，女孩说："不碍事的，我打的去。"

女孩回来的时候，雨下得正大，女孩下了出租车，拼命往花店里跑，但还是淋了个精透。男孩没像往常那样转身离开，而是对女孩说："我……我还想要三枝红……红玫瑰。"女孩诧异地望着他，一脸的不解。但女孩还是给他包扎了三枝红玫瑰，并又插入了一枝"爱情鸟"。男孩从女孩手中接过鲜花，放在鼻子下面嗅了嗅，然后双手递给女孩说："送给你。"

女孩愣了一下，问："你知道三枝红玫瑰代表什么吗？"

男孩说："知道。"

女孩穷追不舍地问："代表什么？"

男孩迎着女孩的目光说："I love you。"

女孩调皮地笑了笑说："我不懂外语的，你能用汉语再说一遍吗？"

男孩大声说："我爱你！"

女孩红着脸低下了头。但随即，她又抬起头来问："你不是对娟一往情深吗？怎么这么快就移情别恋了？"

男孩一脸诡秘地说："其实，这个秘密也到了告诉你的时候，娟是我的姐姐。"

"什么？你给你的姐姐送鲜花？"女孩不相信他的话。

男孩盯着女孩的眼睛说:“不这样，我有什么理由来见你呢？”

女孩恍然大悟。女孩就笑了，一张脸犹如店内的鲜花般灿烂地开放。

真假皮夹克

侯文海发迹前，最大的愿望是穿上一件货真价实的皮夹克。侯文海身形颀长，一个偶然的机会里，他曾穿过一个同学的真皮夹克，那真是既潇洒又神气。

但一件真皮夹克要五六百元乃至上千元，尚属工薪阶层的侯文海，每月只有三百块的工资，老婆又下了岗，日子总紧紧巴巴的，要攒钱买皮夹克，那只能将自己一家人的脖子吊起来。所以，一段时间以来，侯文海只能望“皮”兴叹。

但侯文海最终还是圆了自己的“皮夹克梦想”。他得到皮夹克的过程有点儿不太光彩。那一天深夜，他从朋友家里喝酒归来，走到一条偏僻的小巷时，见前面有个骑自行车的人影，借着昏暗的灯光，依稀看出是个女人。这时，那女人发觉了后面的侯文海，就加快了骑车的速度。侯文海知道女人害怕，怕他是坏人。一种恶作剧心理，驱使侯文海也加快了速度。女人发觉后，骑得更加快了。侯文海感到很好玩，正想再骑得快一些，忽然发现从女人的自行车上掉下一个黑乎乎的东西。他刹住车，弯腰将那东西捡起来一看，是一个女人用的坤包。他赶紧大声对前面的女人喊："喂，站住！快站住！"女人骑得反而更快了，并很快拐出了小巷，不见了踪影。

侯文海的运气就是这样来的：女人的坤包里有六百元钱，正好够他买一件真皮夹克的。

侯文海穿着真皮夹克出现在办公室时感觉还挺爽的。但接下来的遭遇是他始料未及的。

同事们一见他都"哇"地怪叫着围了上来。司机小刘拽了拽领子说："呀，可惜是人造革的。"

科员小赵很内行地抓住一块皮子攥了攥说："呀，仿得真像，一般人还以为是真的。"

侯文海推了他一把说："去你的吧！这是货真价实童叟无欺的山羊皮夹克，在贸易大厦买的，花了六百元呢！"

这时，外号"老缺"的科长老周在旁边说："都甭看了，还用看吗？小侯每月才挣三百元钱，他拿什么买真皮的？"

这个老周，平时最看不起侯文海，经常当众奚落他、挖苦他。平时侯文海全忍了，谁叫人家是科长呢。但今天侯文海实在忍不住了，他一转身将皮夹克脱了下来，找了个线缝，一用力"刺啦"一声撕开了，然后将皮子的里面翻出来，指着密密麻麻的毛孔问：“你们看看，这是假的吗？这是假的吗！”

众人围过来一看，都傻了眼。只有“老缺”在一旁冷笑道：“嘿嘿，现在连女人的胸脯都可以造假，在人造革上扎几个眼儿算什么？”

一句话让侯文海差点背过气去。他终于明白：凭自己目前的身份、地位，根本就不配穿真皮夹克，穿上了也没人会相信是真的。

后来，侯文海下了海，先小打小闹，攒了一笔钱后又倒腾大的，五六年之后，终于发了财，成了大老板。

侯文海今非昔比，也赶起了“时髦”，找了个小蜜。那小蜜才二十岁出头，很会讨他的欢心。前几天，小蜜到东北老家探亲，回来时给他捎了件皮夹克，做工很考究。侯文海拿到手里一攥就知道是高革（一种比较高档的人造革）的。但碍于小蜜的面子，他还是当即穿在了身上。

就在这天下午，侯文海回家时，在原单位的生活区大院里正遇上“老缺”周科长。由于工厂已经倒闭，周科长也失了业，整天在大院内闲逛。周科长一见侯文海，立即迎上来，谦卑地说：“侯总，什么时候又买了件皮衣？一看就是高档货。”

侯文海淡淡地笑了笑说：“哪是什么高档货，人造革的。”

周科长讪笑道：“开什么玩笑，你哪会穿人造革的。”说着话，用手很小心地在皮夹克的下半截摸了摸，咂着嘴说：“好、真好，得几千元吧。”

侯文海笑道：“人造革货，哪值几千元，一百元撑死了。”

周科长仍不信。侯文海就脱下来，在一条线缝上一扯，扯开一条缝，翻出皮子的另一面说：“你看，反面还有纹纹呢，连个毛孔都没有，怎么就是真皮的了？”

周科长说:“现在科学技术高了，把毛孔处理平也是可能的。”

侯文海大笑，他拍了拍周科长的肩膀说：“不是科学技术高了，是你老兄看我的眼光高了。”说着话，将皮夹克披到周科长的肩上，大踏步地向家门走去。

噩　梦

出了医院的大门，老梁的心情比阴沉沉的天空还要灰暗，他抬起头，感觉西天那透过云层的光晕，也弥漫着死亡的色调。

三天定生死。医院让他三天后来拿鉴定结果，如果确诊是癌，那么，他在这个世界上的时间将按天计算了。刚刚四十出头的他，事业上刚刚有了起色，却要被这个世界删除了，他忽然觉得心里特别不甘。

回到宾馆，老梁一头栽到床上，两眼呆呆地望着天花板，大脑一片空白……

不知过了多久，门铃响了。老梁拖着沉重的双腿，打开了房门。

门口站着一个漂亮的姑娘，而且，仅穿着短裤和胸罩。

“我可以进来吗？”姑娘笑得很甜。

老梁一把将她拉了进来。以前，老梁出差经常碰到这种事，每次老梁都把人拒之门外。可这次老梁一下就想通了，反正没几天活头了，何必还苦着自己。

老梁脱光了衣服，还没上床，门铃又响了。

老梁过去，透过猫眼一看，是服务员，就将门打开了一条缝，问："有事吗？"

门的两边忽然冒出了一男一女两个警察。

一切都已无法解释，男警察看了看屋内的两个裸体说："你们先把衣服穿上。"

老梁匆忙把衣服穿上后，就打开窗户，顺着落水管向楼顶爬去。

那个小姐喊："你干什么？危险！"

这一声喊，让老梁先为自己的逃跑行为吓了一跳，继而为自己敏捷的身手吃了一惊。他住的十二楼是顶层，仅三五下，他就爬上了楼顶。

警察从楼梯上追了上来。一男一女，呈掎角之势，将老梁逼到了楼顶的一个角上。

老梁说："放我走，不然我就跳楼了！"

那个男警察逼近了老梁说："你别自寻死路，这么点事，值得吗？"

说着话，男警察忽然扑了上来，抓住了老梁的肩膀。老梁拼命一挣，男警察一个趔趄没有站稳，竟跌下楼去。

老梁一看出了人命，害怕了。他对女警察说："妹子，我、我不是故意的，我……我跟你走，你……你要、要给我做证，我不是故意的。"

女警察说："你只要不跑，我会给你做证的。"

老梁跟女警察下了楼，被一群人塞进了一辆警车里。

稀里糊涂的，老梁就被判了死刑。

行刑那天，老梁看到了自己的妻子和女儿，她们相拥着，远远地望着他，声嘶力竭地哭喊着，泪水流成了小溪。

老梁瘫软在地上哭了，呜呜地哭出声来，哭出了一肚子的悔与恨。

两个警察把他架起来，让他跪在地上。这是老梁在很多电影电视中看到的镜头，没想到今天竟然轮到了自己头上。

砰！一声枪响！

老梁跳了起来！

老梁跳起来一下就摔在了地上。

老梁醒了。老梁这才明白自己做了一个长长的噩梦，而脸上的泪，还在汹涌地流淌着。

老梁缓过一口气来，看了看手机，已经深夜零点了。

老梁倚在床头，回忆刚刚做过的噩梦。他把所有的细节都在脑子里过了一遍，结果越想越是后怕：幸亏是梦。

因为在现实生活中，如果他遇到梦中的这些情况，他也会像梦中这样做的。

老梁出了一身的冷汗。

这时，门叮咚响了两下，很悦耳。

老梁从猫眼里往外看了一眼，是一个仅穿内裤和胸罩的小姐，很漂亮。

老梁拉开门。

“我可以进来吗？”小姐笑得很甜。

老梁一脚踹了出去，还捎带了一句粗话：“去你的！”

顿时有两个警察从旁边走了过来，问：“怎么回事？”

老梁说：“她深更半夜穿成这样来敲我的门，你说是怎么回事？”

警察奇怪地看了他一眼，把小姐带走了。

三天后，老梁拿到了医院的鉴定结果，良性的。

出了医院，老梁长出了一口气，自言自语道：“多亏了那个噩梦呀。”

凤岐画苑

小城不大，却有“书画之乡”的美称。因书画盛行，多年来也就涌现出了很多书法家、画家。

在小城的画界，坐第一把交椅的，是莫凤岐，他是业内公认的第一高手，擅长写意牡丹、梅花和工笔山水、花鸟。

莫凤岐出了名，就有人偷偷模仿他的画作，拿到书画店里蒙人。敢于模仿他的人，都是有较深厚绘画基础的，所以，一般人根本辨不出真伪。常有人在画店买了画后，通过种种关系来请莫凤岐鉴定。每看到一幅赝品，莫凤岐便气得胡须乱颤，半天缓不过劲来。

后来，莫凤岐就在本市的晨刊、晚报上刊登了一则声明，大意是说自己已经把委托到书画店出售的画作全部收回，今后凡有需要他的书画作品的，请直接到家中选购，并留了电话和地址。

莫凤岐的家，是一个临街的小四合院，他把临街的几间房子冲街掏了个门，简单装修了一下，就成了门市房，然后门口立一竖匾：凤岐画苑。屋内四壁都贴满了画作，任人自由出入、观赏。

莫凤岐的画苑开始热闹起来了，每天来观赏、购买画作的人络绎不绝。一直喜欢安静的莫老爷子也一反常态，对来客都很热情。因为在这里买到的画，绝对都是莫凤岐的真迹，再加上莫老爷子对价格也不太在乎，成交率竟极高。

徐志远是一个房地产商人，一直酷爱书画。他最近刚刚搬进了自己修建的豪宅，打算买几幅莫凤岐的画挂在客厅里。但徐志远很讲究，也很谨慎，他一有时间就过来观赏，但从不问价。一直磨了半个多月，他才选准了画，买下了一组四扇屏的工笔花鸟，一幅四尺整张的写意牡丹《花香富贵》，还有一幅半工半写的山水画《高山飞瀑》。这几幅画，都是极费功夫的，虽然贵了点儿，但徐志远觉得值。

徐志远把画拿到本市最大的装裱店瀚墨斋。瀚墨斋的老板是徐志远的发小，在这里装裱比较放心。老板把徐志远的画一幅幅展放在案板上观赏，当看到那幅四尺整张的写意牡丹时，忽然抬头看了徐志远一眼。徐志远笑了:“有什么话就说，别用这种眼神看我。”老板说：“你也有上当的时候呀？在哪儿弄了幅赝品？”徐志远相当自信地拍拍发小的肩膀说：“我这是亲自从莫凤岐手里买来的，还能有假？”老板说：“那就奇了，我这里有一幅刚刚裱好的《花香富贵》，也是从莫凤岐手里买来的，和你这幅一模一样。”

徐志远随发小来到门市后面的装裱工作室，门口的墙上赫然倚立着一幅《花香富贵》，和自己的那幅真的一模一样。

第二天，徐志远早早来到了凤岐画苑。屋里只有莫凤岐一个人，他对徐志远还是有印象的，见了他就笑：“徐老板，这么早呀！”徐志远也报之一笑：“莫老早！”他说着话，眼睛极快地扫视了一下室内的画作，在靠近门口的显眼之处，贴着一幅半工半写的《高山飞瀑》，和他昨天买的那幅一模一样。徐志远指着这幅画说：“莫老的手好快呀，昨天我刚刚买走，今天就又画了一幅，真是高手呀！”莫凤岐的脸色明显暗了一下，但没说话。徐志远又问：“莫老天天在这里亲自卖画，什么时间作画呢？”莫凤岐叹了口气说：“徐老板今天是有备而来呀！”

莫凤岐把徐志远领到院内的一间西屋里。屋内一男一女正在专心作画，都四十多岁的样子。女人画的，正是昨天徐志远刚刚买走的那组四扇屏的工笔花鸟。徐志远今天本是来找碴儿、责难的，见莫凤岐竟如此坦诚，倒不知说什么好了。莫凤岐说：“这两个都是我的学生，已经画了近三十年，艺术造诣都不在我之下了，比我差的，就是一个虚名了。”徐志远问：“那么，他们作的画署上您的名字，算不算赝品呢？”莫凤岐叹了口气说：“从严格意义上讲，这仍是赝品，但弟子代师作画，古已有之，况且，他们的画艺已经与我比肩了，风格也和我一样，再盖上我的名章，这和真品有什么不同呢？”徐志远一时不知说什么好。莫凤岐说：“买画就是买一个好，他们画的已经和我一样好，和我亲自画有什么分别呢？与其让别人来粗制滥造赝品，还不如由我的学生来制造不逊于真迹的赝品呢。”见徐志远仍不说话，莫凤岐又说：“徐老板若是后悔买了那画，尽可退回。徐志远本是带着画来退货的，画就在门口的车里，但听莫凤岐这么一说，竟踌躇起来。莫凤岐说：“徐老板不用为难，你今天不退，今后想什么时候退都是可以的，我会分文不少地全额退款。”

退不退呢？饶是徐志远经多见广，一时也拿不定主意了。

面　子

近年，画家莫凤岐的画作价格一路飙升，一张斗方竟然卖到了十万元，而且，少一分不卖。

曹伦是一位书画收藏家，非常喜欢莫凤岐的画。但曹伦是一个很精细的人，他既想收藏，又不想花大价钱，所以，他一直谋划着托一个能和莫凤岐说上话的人，少拿点钱收购一张。根据曹伦的经验，一般的书画家，都买记者编辑的面子，因为书画家离不开宣传炒作，所以，他们和媒体得维持良好的关系。但是，曹伦托了好几个资深记者编辑，都没有如愿。人家头摇得像拨浪鼓："和莫凤岐讲价，想也别想。"

曹伦不死心，下大本钱在本市最豪华的大酒店请本市的文化局局长和美协主席狠撮了一顿，请他们出面和莫凤岐讲情。他想，市美协凡主席还兼着省美协的副主席，再加上陈局长这个本市的文化官员，两人同时出面，莫凤岐不会不给面子了吧？

第二天，二位领导如约陪曹伦一起去莫凤岐家拜访。

莫凤岐住在一个叫杨树屯的小村，村子离城区不远不近，有五六里，一条笔直的柏油路直通。村子后面有一片盐碱地，寸草不生，村里花大力气治理过几次，但都没成功，一直荒着。后来，本村村主任经过上上下下的一番努力，终于，批下了手续，盖起了一排别墅。莫凤岐两年前在这里买了一套别墅，全家都搬到这里后，他深居简出，潜心作画，基本不和外界打交道。

文化局的陈局长是本地人，和杨树屯的村主任是初中同学。三人来到村里后，先找到村主任，由他领着，来到了莫凤岐的家中。

莫凤岐的态度非常客气，敬过烟、端上茶之后，就让家里人先安排着饭。曹伦心里有了底：看来莫凤岐是不会驳凡主席和陈局长的面子的。

没想到，等凡主席说明来意后，莫凤岐的脸接着就冷了下来。他眼睛直直地看着曹伦说："我的画，无论谁来，绝无二价；非常好的朋友来了，只可以分文不取地赠送，但绝不可以落价。我和您，还不太熟啊……"

一番话，说得曹伦面红耳赤，陈局长和凡主席也非常尴尬。

事已至此，饭也不好吃了，几个人只得怏怏告辞。

出了门，三个人都觉无面。

村主任说："晌午了，到我家吃顿农家饭吧。"

天气正热，几个人也不愿就此回城，便应了村主任。

村主任回到家，先安排老婆做着青菜，自己骑上摩托车，说是要去买点儿野味。

几个人吹着凉爽的空调，喝着茶，都无话。曹伦心里已经凉到了底：莫凤岐连这二位的面子也不给，看来，自己想收藏他的画，必须花大价钱了。

几个青菜端上来，酒也倒上了，村主任的摩托车也进了门。

村主任买回了烧鸡、熏野兔，一进门就吵吵着让老婆快拿去撕开，盛盘子里。

然后，村主任从腋下拿出一个牛皮信封，递给了陈局长。

陈局长问："什么呀？"

村主任说："莫凤岐的画。"

三个人同时"啊"了一声。

陈局长打开一看，可不，真的是一幅莫凤岐的写意人物画。

曹伦问："花多少钱？"

村主任伸出一个巴掌："五万。"

陈局长狠狠地拍了村主任一下："你比我这局长面子还大呀！"

村主任一咧嘴："嘿嘿，我一出门就打电话，让村里停了他的电和水。"

签　名

我和舌头的关系属于泛泛之交。舌头年近四十，是搞网络公司的，但爱好文学，在一个偶然的场合上认识之后，经常帮我主编的杂志拉点儿赞助。接触多了，他也就不拿我当外人，经常带他的朋友和我吃饭。当然，他的朋友几乎全是女朋友。

舌头的女朋友很多，但经常在一起玩的不外乎两三个。如果我没有正式的酒场，他叫我的时候，我一般都不会拒绝，欣赏着美女，喝着美酒，再有几个佳肴，我相信思维正常的人都不会拒绝。有时，吃完饭，还去歌厅唱一会儿歌，或者去泡脚，不折腾到半夜不算完。折腾够了，他就会带着女朋友回家过夜。舌头在这个城市有好几套房子，不同的女友会跟他回不同的家。舌头有一次喝多了告诉我，他之所以愿意和我在一起吃饭，有两个原因：一是和我在一起，觉得有档次；二是作为一个已婚男人，带女孩子出来吃饭，是有一定风险的，如果被不该看到的人看到了，他可以把人推给我，说是我的什么人就可以搪塞过去，如果碰到老婆查岗，我还可以为他证明。舌头说的话，我一般只信一半，这句话，我相信后面那一半。每次在酒店碰到熟人，他都是先介绍我，把我吹捧一番后，再介绍他的女朋友：这是邢老师的学生，我也刚刚认识。舌头每次说这句话的时候，我都觉得他特别厚颜无耻。这么多年过去了，我不知道他共硬塞给我多少这样的“学生”，我“被老师”了多少次。如果舌头带的女孩是刚刚认识的，他多半在给我打电话约饭局时，让我带一本自己的书，签名送给那女孩。吃人家的嘴短，我只好从命。我出的一本自己比较满意的书叫《善良的回报》，出版社给我了一百本样书，我送了经常联系的文友大约四十本，其余的，全签名送给了舌头的女朋友。舌头的女朋友，给我印象最深的是章萌萌，她身材修长，姿容姣好，而且举止得体，是舌头系列女朋友中比较出色的一个。章萌萌供职于一家私人模特学校，经常外出表演，所以，终身大事就不及时，从二十出头一晃就晃到了二十七八，这才给舌头这种人有了可乘之机。认识章萌萌那一天，我刚刚从网上书店买了二十本《善良的回报》，没办法，出版社给的样书都让舌头用完了。从新华书店买，一分钱的折都不打，三十元钱买一本书，连我都觉得贵。网上只要十二元钱，印得也挺好，拿不准是不是盗版。顺其自然地，我就在扉页上签下了：请章萌萌女士惠存。

我的另一个泛泛之交的朋友，叫光头。光头年纪比较大，有五十出头的样子。我们认识纯属萍水相逢。我有每天下午锻炼的习惯。每天下午四点之后，我都会在锦绣川公园沿河散一会儿步，再做做俯卧撑、引体向上什么的。这个时间，公园里人很少，大多数人们，还是习惯早晨锻炼。光头就是为数不多的下午锻炼的人。我们经常碰面，起初是熟视无睹，后来见面点点头，笑笑。再后来，就有简单的对话：“今天来得早呀。”“今天天气真好。”“走呀。”当然，这都是废话。时间长了，休息的时候，我们就有了交谈。光头在国企工作，担着一个比较肥的差事，这一点，从他的座驾奔驰600上可见一斑。光头很孤独，几年前丧妻。有一个女儿，去了加拿大就没再回来。他不太喜欢交际，所以，只有生意上的伙伴，而没有朋友。后来，他知道我是写小说的，对我有了一种刮目相看的态度。他曾经说过一段很让我佩服的话：一个人如果生活无忧，再有一个比较高雅的精神王国，就是最成功的。

舌头最近换女朋友比较频繁，他认识章萌萌以后，这个毛病已经收敛了不少，没想到又犯了。我这才发觉，章萌萌已经淡出了他的生活。我问过一次，他不耐烦地回答：“嫁人了，别再提她。”但那一天，他的话很少，很快就喝醉了。

春天了，公园里的垂柳发了嫩黄的细芽，不几天就绿成了一片。这一天天气非常好，有微风，空气里飘荡着淡淡的花香。这一次，我是在停车场碰到光头的。我完成了自己的项目，要开车离开的时候，光头刚好停车。他摇下玻璃，示意我停车。

光头下了车，随他下车的还有一个年轻的孕妇，看样子已经怀孕五六个月了。令我没想到的是，这个孕妇竟然是好久不见的章萌萌。有好一会儿，我没缓过神来，是光头拍了我一下，我才清醒的。光头说："这是我的妻子章萌萌。"我礼节性地握了握章萌萌的手，感觉手很凉。光头把我介绍给章萌萌时，章萌萌像第一次见我时一样，轻轻地点点头说："邢老师好。"

光头让我给他妻子拿一本书。我打开后备厢，发现只有一本书，就是曾经给过章萌萌的那本《善良的回报》。我正想关上后备厢，然后再推说没书了。但光头已经看到了，他拿起那本书对我说："你给签个名吧，萌萌比较崇拜作家。"

我非常尴尬，但还是拿起笔，想想，签下：做了母亲的女人，是最美的——赠给准妈妈章萌萌。

章萌萌接过来看了一下，眼睛有些红，她忍了忍，有泪水从眼角溢出。

光头不好意思地笑了："你看她，激动成这样。"

我在想，舌头要是看到这一幕，会有何感想呢。

咱们离婚吧

一大早，尤伟就坐在沙发上抽烟，一根接一根，一会儿，就落了一地烟头。

妻子晓萌洗完脸，刚来到客厅，就踩着蛇尾巴般惊叫道：“呀！抽这么多呀！你不是这几天胃不舒服吗？”

尤伟不答话，仍然大口大口地抽，一张瘦脸被罩在烟雾中。

“抽！抽！抽死拉倒吧。”晓萌一边说着，一边去厨房做饭了。

吃饭时，尤伟说没胃口。晓萌也懒得理他，把女儿送到学校后，顺路买了菜，回到家，看到尤伟还在抽，地上的烟头都摞成了小山，她气就不打一处来。

“尤伟！你怎么了！不想活了！”

尤伟头也不抬，却说出了一句让晓萌震惊的话：“咱们离婚吧！”

晓萌一怔，她意识到尤伟不可能开这种玩笑，而且，今天一早他就有些反常。

晓萌坐在尤伟对面，轻声问："为什么？你不是早就答应我和女儿，不再赌了吗？"

尤伟深深地叹了口气说："现在想赌也赌不成了，你看看这个吧。"

尤伟把一张纸递给她。

是一份医疗诊断书，晓萌看了看，没看懂。

尤伟说："我已经查出胃癌晚期，医生说，开刀也没有意义了，保守治疗，最多再能活三个月。"

晓萌的泪一下子就涌了出来。丈夫常年整夜整夜地打麻将赌钱，整天泡在烟雾中，吃饭又没规律，她早就担心过他的身体，提醒过他多次，但他都当了耳旁风。这一下，她的担心，不幸应验了。

晓萌说："咱去最好的医院，用最好的药，也许，能治好呢。"

尤伟苦笑了一下说："没用。再说，钱呢？"

晓萌无语了，是呀，钱呢？自从尤伟迷上赌钱，家底早就折腾光了，还欠了一屁股赌债。现在，家里就只剩下这套两居室的房子了，还有好几个债主惦记着。

尤伟说："我对不起你娘儿俩，临死，也不想拖累你们了。我想这样，咱们办了离婚手续吧，房子归你们，债务归我，这样，起码我死了以后，你们娘儿俩不会露宿街头。"

晓萌哭着说:“不行！我不能扔下你不管，我们是夫妻呀！”

尤伟表现得出奇的冷静，他等晓萌哭过之后，缓缓地说：“我知道你不忍，可是，我们总该为女儿想想吧，如果我这样去了，那些债主都会找上门来，你这一辈子也还不完呀。”

晓萌平生第一次觉得丈夫像个男人了，她真的有些不舍，可仔细想了想，丈夫说得在理，如果他去了，这套房子迟早被人抵债，她和女儿今后的生活也不会安生。

两人心平气和地办了离婚手续。

为瞒住女儿，尤伟走的那天，什么也没带，说是出门做生意。

出门前，尤伟将一个大信封交给晓萌说：“这是我最近赢的五千元钱，留给你吧，我没用了。”

晓萌不接，尤伟硬塞到她手里，头也不回地走了。

丈夫一走便没了消息。晓萌牵挂着，却苦于联系不上他，也找不到他，只能一心照顾女儿，打理店里的生意。晓萌开着一个裁缝店，从前生意是不错的，可后来丈夫迷上了赌博，她店里挣的钱，全给他填了窟窿。丈夫走后，晓萌一门心思全扑在店里，生意又一天天地好了起来，日子也有了起色。

这一天，晓萌去一家酒店送刚做好的工作服，刚进大厅，就见到一个熟悉的男人，和一个年轻女孩子手牵手地走出酒店，晓萌忍不住大喊：“尤伟！”

尤伟头也没回，倒是那年轻女孩子回了回头，两人就出去了。晓萌追到门外，见两人钻进一辆宝马，风一般驶上大街。

晓萌以为自己认错人了，就又回到大厅。吧台的经理问晓萌：“晓萌姐，你认识尤老板呀？”

晓萌问：“哪个尤老板？”

经理说：“就是你刚才喊的尤伟呀！他可是个大老板了，前些日子，买福彩中了五百多万，离了婚，买了新房、新车，又娶了新娘子，新娘子可漂亮了……”

后面的话晓萌基本没听清楚，她心里已经乱作一团。

后来，晓萌多方打听，终于证实了：尤伟确实中了五百多万的彩票，就在他们离婚前。

消息传开，很多人为晓萌不平，让她去法院告尤伟，拿回自己应得的那份财产。

晓萌却很平静。晓萌说：“他的心已经走了，要钱又有什么用？”

晓萌仍旧过自己的日子。

两年之后的一个星期天上午，下着雨，晓萌正在店里忙活着，给聘用的几个女孩子分配任务，尤伟推门走了进来，淋得像个落汤鸡。

晓萌不理他，该干什么干什么。

尤伟在门口站了半天，终于开口了：“晓萌，我、我想见见孩子……”

晓萌笑了：“你还没死呀，你不是胃癌晚期吗，怎么活了这么长时间？”

尤伟无语，良久，才低下头说："晓萌，给我一百块钱吧，我想给孩子买点儿东西。"

晓萌知道他的钱肯定又输光了，就扔给了他一百块钱。尤伟拿了钱，走了。

中午，晓萌回家时，见女儿正坐在沙发上，边看电视边吃着面前的一大堆零食。

她的前夫尤伟，坐在沙发的一个角上，怯怯地望了望她，低下了头。

晓萌直接进了厨房，先将饭煮上，然后炒菜。她炒了四个菜，一个个地端到餐桌上，然后对女儿喊："丽丽，叫你爸吃饭。"

邂逅良家女子

何安是个不太安分的男人，他好色，但胆子又小，不但怕妻子，而且还怕艾滋病、梅毒和警察。

妻子因公出差半个多月了还未回来，何安是度日如年。尤其是晚上，他更是难以入眠。

这天晚上，他实在是睡不着了，就穿上衣服到街上闲逛。

何安住的地方离火车站很近，晚上经常有“鸡”出没。但前面已经说过，何安只有色心没有色胆。但何安却经常野心勃勃和想入非非。他经常幻想有一天能邂逅一个良家女子，最好对他一见钟情，然后再以身相许。清醒的时候他也知道自己是痴心妄想，但每到情绪上来，他仍然浮想联翩……

这天晚上，何安就特别想有一次艳遇。于是，他两只狼一般的眼睛不断地到处扫描。

忽然，他看到前面一盏昏黄的路灯下，有一个年轻的女孩正东张西望。那女孩一看就是从外地来的，脚边放着一个大旅行袋，鼓鼓囊囊的。那女孩显然也看到了何安，就往前迎了几步，怯生生地叫了声："大哥。"

何安借着灯光一看，嘿，这女孩子虽说穿得很保守甚至有点儿土气，但长得还是蛮清秀的，尤其是一双怯生生的眼睛，一看就是那种文静的良家女子。何安的心不由一动，就微笑着问："妹子，需要我帮什么忙吗？"

那女孩沉吟了一下，不好意思地低下头说："大哥，俺是乡下来这里打工的，带的钱不多，还弄丢了，想麻烦您给找个地方暂住一晚上行吗？"

"行行行！"话一出口，连何安自己也觉得有点儿太迫不及待了。

何安打了个的，将女孩接到了自己两室一厅的家里。借着家里明亮的灯光一看，何安不禁心花怒放，这女孩子真称得上是国色天香，要是再打扮一下，就是一个典型的靓妹，看来自己今晚是有艳福了。

何安正想着如何进入角色，女孩忽然吞吞吐吐地说："大哥，俺还未吃饭，能……能给俺点儿吃的吗？"

这一下正中何安下怀：想办法让她喝酒，把她灌醉，还不……他越想越美，动作麻利地从冰箱里取了几样冷食，一会儿便弄出四样菜。

何安打开两瓶啤酒，递给女孩一瓶，女孩说："大哥，俺从来不会喝酒。"

何安说："喝一点儿吧，不碍事的。"

女孩说："啤酒俺喝了过敏，您实在让俺陪你喝，俺就多少喝一点儿白酒吧，以前过节时在家喝过，还能喝点儿。"

何安一听，心里更高兴了，他想：一个女孩子，能有多大酒量，还喝白酒，那不更容易醉吗？

何安就起身到阳台上取了一瓶"禹王亭"陈酿。

于是，何安喝啤酒，女孩喝白酒，两人就对喝上了。

一瓶啤酒下肚，何安忽然觉得有点儿头晕，头一歪就什么也不知道了。

何安醒来时已经是第二天的上午了。他睁开沉重的眼睛，见那女孩已经不见了。他摇摇晃晃地站起来，把整个房间找了一遍，也没见到女孩的影子。他拍了拍后脑勺，怀疑昨晚的一切均是南柯一梦。但女孩那个鼓鼓囊囊的大旅行袋还在沙发旁边放着。他打开包一看，里面竟是一包废纸和废布条子之类的垃圾。

何安还未想明白究竟发生了什么事，电话铃响了。他接过来一听，正是昨天晚上那个女孩，那个女孩还是那么客气，她柔声细气地说："大哥，您放心，俺没拿您别的东西，只拿了您的现金和存折，现在，请您告诉俺一下你的存折密码。"

何安气得心脏一阵狂跳，手也抖了，他大吼了一声："你、你休想！”

女孩子却不着急，她仍然温柔地说：“大哥，别生气，昨天晚上您睡着后，俺记下了您电话机上贴的号码，所以，俺随时可以和您家嫂子谈心。对了，您千万别报警，因为俺现在已经在几百里之外了，用的是磁卡电话，再说了，俺也不会笨到自己去取款的地步，俺会打的去，让司机替俺进去，一有风吹草动，俺就逃之夭夭了……亲哥哥，您就把密码给俺说了吧，省得俺还得麻烦您家嫂子……”

何安气得一阵气血翻滚，眼前一黑，又晕了过去。

沉重的父爱

十八岁的晓良怎么也无法理解父亲的举动。

晓良患的是肾衰竭，这个病只有换肾才能康复。得到这个不幸消息的当天，父亲就当着医生和全家人表态：他要捐自己的一个肾给儿子。

当时，晓良和妈妈都流下了眼泪。因为根据医生的说法，有直系血缘关系的人捐肾，手术效果是最好的。为了儿子，父亲捐肾，本来也是情理之中的事。但晓良和妈妈都知道，父亲公司的事务很多，他若是动了切肾手术，会很长一段时间无法工作，这对于一直视工作为生命的父亲来说，甚至比失掉一个肾更加痛苦。

这几天，晓良一直被推到各个检查室，做术前的各种检查。

各种检查的结果都非常好，晓良可以做换肾手术。但这时，父亲却不见了。妈妈虽然天天守着他，也是一副魂不守舍的样子。

晓良不解地问妈妈："父亲的检查还没做完吗？"

妈妈一脸的惊慌，支支吾吾地说："他……他公司有事，来……来不了。"

晓良知道，父亲常年在公司忙，有时几天都不回家，现在要做手术了，肯定会有更多的工作要提前做。

时间一天天过去了，晓良每天靠透析来维持生命。

一直过了一个多月，晓良的身体越来越虚弱，每天的透析时间越来越长。

这时，晓良开始怀疑起自己的父亲，公司的事情比儿子的生命还重要吗？

晓良要给父亲打电话，可妈妈把他的手机藏起来了，不让他打。

晓良忽然明白了，父亲一定是后悔了，不想冒着生命风险捐肾给他的儿子了。

天下竟有这样狠心的父亲，不顾儿子死活的父亲。

晓良痛恨起自己的父亲来，痛恨过后，他绝望地哭了。

就在晓良以为自己的生命已经走到尽头时，妈妈高兴地从外面回来了，对晓良说，马上就可以手术了。

晓良有气无力地流淌出两行清泪。

手术很成功。

据妈妈讲，晓良的肾源来自一个志愿者，而志愿者的肾，经检验和晓良配型成功。

晓良在医院疗养了一段时间，身体逐渐康复了。父亲亲自开车将他接回了家。

但是晓良仍然感到很委屈，一直疼他爱他的父亲，在他最需要他的那段时间，竟然不在他的身边。

晓良对父亲的感情慢慢冷淡下来。而父亲好像也有意在躲着他。他们父子之间终于到了无话可谈的地步。

时光荏苒，晓良也成家立业了，并做了一儿一女的父亲。他非常疼爱自己的儿女，如果儿女有什么危险，他付出生命都会去救。

做了父亲的晓良更加不能理解，同样作为父亲，为什么父亲不能像自己爱儿女这样来爱自己呢？

晓良三十八岁那年，父亲去世了。按照当地的习俗，长辈去世，晚辈在“五七”（五个七天，即三十五天）内要一直戴“孝”（黑袖章），以示纪念和哀伤。但晓良在父亲下葬后的第二天，就把“孝”摘了下来。

妈妈看到后，非常生气，用很严厉的语气让他戴上。

为了不让妈妈生气，晓良不情愿地重新戴上了“孝”。

看到晓良这个样子，妈妈再也忍不住了，她含着眼泪对晓良说：“你知道吗，你的父亲是世上最好的父亲，他对你的爱，你是永远无法偿还的……”

二十年前，父亲决心给晓良捐一个肾，没想到，经过术前检查，晓良竟然和父亲没有一点儿血缘关系。妈妈见事情瞒不过去，就承认了在生晓良之前，曾经和一个男同事有过密交往，做下了错事……

妈妈哭着说：“当时你父亲的愤怒和痛苦使他的脸都变了形，变得那么可怕，你知道，他一直非常疼你爱你。后来，你父亲平静下来，他首先想到的是怎样保护你，不让你受到真相的伤害，为了你，他原谅了妈妈，并要妈妈和他共同保住这个秘密。他离开你的那段时间，是在到处寻找联系肾源……”

外面正下着雨，晓良忽然冲出门去，在雨中狂奔着，跑向父亲的墓地，五公里的距离，他不知跑了多久。他跪在父亲的墓前，叫了一声“爸爸”，就泣不成声了……

“五七”过后，妈妈小心翼翼地对晓良说：“你的生父，他想和你见一面。”

晓良粗暴地挥了挥手说：“我没有什么生父，我只有一个父亲。”

妈妈无语，在一边垂泪。

晓良狠狠地说：“妈，我不希望再从你嘴里听到这个人，你们给我父亲带来的耻辱还不够吗？”

一个月后，是清明节，晓良和妈妈一起来给父亲扫墓。

回来的路上，妈妈在一座新墓前站下，对晓良说：“给他磕个头吧，你身体里的那个肾，是他捐给你的。”

晓良恭敬地跪在墓前，规规矩矩地磕了三个响头。

妈妈说：“给你换肾前，你的父亲通过网络、电视、报纸等各种媒介联系肾源，虽然联系到了几个，但都配不上型，眼看你就要不行了，是他，你的生父，闻讯找上门来，求你父亲给他这个赎罪的机会，他的肾对你是最好的。”

晓良如遭重击，他愣了半天，质问道：“妈，你为什么不早说？”

妈妈平静地说：“上次我提到他的时候，他已经在弥留之际了，否则，他不会提这种要求的。”

晓良呆了般看着这座新墓，缓缓地跪了下来。

他知道，两个父亲的爱，他都无法偿还了。

窝藏记

深夜，外面下着大雨，饭店里的客人也走光了。老板刘六正想关门睡觉，一个穿着雨披的人跌跌撞撞地跑了进来，压低嗓子叫了一声:“刘六。”刘六一愣，他凑近那人仔细一看，当即吓了一跳，这人竟是公安局正张榜通缉的强奸杀人犯贾仁义!

贾仁义和刘六是从小玩到大的朋友，交情很不错。但贾仁义这人天生好色，经常拈花惹草。前几天，他看上了街上一个做衣服的漂亮女孩，就乘晚上只有那个女孩在屋时，进屋进行挑逗。女孩子不想得罪他，就赔着笑脸和他周旋，他却以为有机可乘，就反锁了店门，把女孩抱在了怀中。不想那女孩十分刚烈，一边拼命挣扎，一边大声呼救，贾仁义又气又怕，就使劲掐住她的脖子，竟把女孩子给掐死了。贾仁义见事不好，当即打开门便逃之夭夭了。第二天，大街小巷上就贴满了通缉他的告示。

刘六本以为贾仁义早就逃到天涯海角了，没想到，他竟然找到了自己的门上。刘六把贾仁义拉到后面的厨房里，小声问："你跑到这里来干什么？不要命了！"贾仁义"扑通"一声跪在了肮脏的地上，"咚"地给刘六磕了个响头说："刘六，你可得救我呀，知道你最讲义气，所以就投奔你来了！"刘六赶紧把他扶起来说："你说吧，要我怎么帮你？"贾仁义说："我想在你这里躲上几天，等风声过去了，我再外逃。"刘六一想，这饭店里人来人往的太不安全了，正好，这几天媳妇回了娘家，干脆，让他到家里躲着吧，反正也就是几天的事。于是，刘六把贾仁义领回了自己家。

刘六这人最讲义气。他二十五岁时开始经营这个小饭店，生意一直不太好，再加上很多熟人吃了饭老欠账，所以，几年下来，刘六也没攒下多少钱，倒是落了个讲义气的好名声。

此后，刘六白天在饭店应酬，晚上把生意交给店里的人打理，自己带几个菜回家，和贾仁义喝酒聊天。三天后的一个晚上，刘六照样带了菜回家，和贾仁义对饮。几杯酒过后，贾仁义便一副心事重重的样子。刘六拍了拍他的肩膀问："兄弟，你啥犯愁的事尽管说，别闷在心里。"贾仁义叹了口气说："唉！我老在你这儿躲着也不是个事，这几天风声也小了，我想离开这儿，远走高飞，可是……没钱走不了呀！"刘六一拍胸膛说：

“需要多少，我给你凑。”贾仁义立即双眼放光，敬了刘六一杯说：“我先谢谢了，我也不多要，你给我弄五千就行！”刘六说：“没问题！明天我就把钱给你凑齐！”

第二天上午，刘六就把负责收钱的会计小李叫到一边，问她账上还有多少钱。小李咧了咧嘴说：“也就是有个三千两千的，赊账的越来越多，我们进菜都快没钱了。”刘六说：“那你先给我凑三千吧，我有急用。”

刘六拿着小李给他的三千元钱，先回家交给了贾仁义，并告诉他，其余的两千下午一定想法给他凑齐。贾仁义见这三千元钱里还有不少一元面额的零钱，什么也没说。

下午五点多的时候，刘六派出的几个要账的服务员都空手回来了，他们一分钱也没要回来。这一下刘六犯了愁：往哪里去弄钱呢？正在他绞尽脑汁想办法的时候，电话铃响了，他接起来一听，是妻子从娘家打来的，告诉他今天晚上她要回来。刘六灵机一动：岳父这些年搞大棚蔬菜攒了不少钱，何不借他点儿应应急？于是，他在电话里对妻子说：“咱店里最近周转不灵，你从家里借两千块钱用一下吧。”妻子爽快地答应了。

当天晚上，刘六将饭店里的人安排好，就用食盒提着四个菜回了家，他想为贾仁义饯行。没想到，贾仁义已经走了，并给他留了一张字条：刘六，我走了，我知道你没多少积累，钱不够，我再自己想想办法吧。你的大恩，我一定厚报！刘六有些遗憾地叹了口气。左右闲着无事，刘六决定自己喝酒，一边喝一边等妻子回来。谁知，一直喝到快十点了，妻子还没有回来，他正想往岳父家打个电话问问，电话铃响了，对方是一个带喘的男声："你是刘六吗？快来市医院急救中心，你妻子受了重伤，现正在抢救。"刘六的头"嗡"地响了一下，他扔下手里的手电筒，骑上自行车，发疯般朝市医院奔去。

刘六上气不接下气地赶到医院时，妻子已经因失血过多永远地离开了他。两个出现场的警察告诉刘六，他妻子是遭到抢劫时奋力反抗被歹徒杀害的，公安局的夜间巡逻车恰巧从那里路过，听到搏斗声后，当场就将犯罪嫌疑人抓获了。刘六红着眼珠子问："是哪个浑蛋干的？！"一个面无表情的警察说："是我们正在通缉的强奸杀人犯贾仁义，估计他是为了抢劫路费后外逃。""什么？！是这个浑蛋……"刘六晃了晃，差点儿摔倒。

刘六又悲又痛，他不但失去了心爱的妻子，而且杀他妻子的，竟然是刚刚得了他恩惠的、他的朋友贾仁义，这双重的打击使他几乎对生活丧失了信心。

几天后，刘六刚在悲痛中送走了妻子，他在医院见过的那两个警察出现在他的面前。那个面无表情的警察递给他一张条子说："刘六，我们现在正式传讯你，请跟我们到刑警队！"刘六不解地问："我又没犯法，你们传我干什么？"警察说："你知情不报，还涉嫌窝藏包庇贾仁义，这还不算犯法？"刘六绝望地瘫坐在地上，嘴里喃喃地道："我是自作自受，我是自作自受……"

搭车记

小时候，黎鸣最大的愿望就是当一名警察。每当在电影上看到警察说“我是警察”时，他觉得特威风。

高考时，黎鸣第一志愿报了警校。他很幸运，被录取了。几年后，他终于实现了自己的夙愿，分到市公安局当了一名警察。

黎鸣家在二百里之外的农村，回家时，先从市长途汽车站坐车到县长途汽车站，然后再坐通乡镇的公共汽车，到镇上下了车，再步行三公里才到家。从市内到县里，车十分钟一趟，很方便，但从县里到镇上，就比较麻烦了，有时，两个小时也发不了一趟车。

黎鸣开始试着搭车，是在上班一年之后。这一天，他站在回家的路口，学着港台片上警察的样子，拦住一辆面包车，然后出示了警官证说：“我是警察，想搭你的车。”司机打量了一下他全身的警服，并没看他的证件，就痛快地说:“上来吧。”上车后，通过交谈，才知道司机是黎鸣家所在的镇街上的，在镇政府旁边开了一家饭馆，每隔几天开车去县城买一次菜。到了镇上后，司机主动说：“你离家还远，我送你吧。”从镇上到村里三公里的路程，步行需要半个小时，而坐车，五分钟就到家门口了，省了他以前的步行之苦。

第一次搭车，黎鸣觉出了搭车的好处，方便快捷，省时省力。自此，每次回家，他都在县城搭车，而且每次都能如愿。这更使他感觉到了当警察的优越感。

后来，黎鸣又从市内开始搭车了，从市里搭到县里，再从县里搭到镇上。运气好的时候，还能直接从市里搭到镇上。他搭的每一辆车，几乎无一例外地都把他送到家门口。

黎鸣工作也很努力，几年后，被提拔为户政科副科长。

秋天的一个周六上午，黎鸣又站到了路边上，想搭车回家。

一辆黑色的轿车缓缓驶过来，他招了招手，轿车在他面前停下了。车停下后，黎鸣才看清，这是一辆 2.8 排量的奥迪 A6，坐这种车的，不是大领导，就是大老板。他迟疑地放下了手，他以前从不搭这么高档的车。车窗玻璃缓缓下降，司机探出头问他：“有事吗？”

黎鸣说：“我……想搭个车。”这是他搭车以来第一次说得这么迟疑。

“去哪里？”

黎鸣说出了他所在的那个县那个镇的名称。

司机说："我这车去省城，不顺路。"

"好好！那你走吧！"黎鸣竟然有了一种如释重负的感觉。

这时，从车内传出一个浑厚的男人的声音："上来吧，搭一段也行呀。"

黎鸣一想，去省城虽然不顺路，但从最近的路段下车，离他所在的镇也只有十几公里了，应该能搭到车，就拉开车门上了车。

车的后排座上，坐着一个五十多岁的男人，微胖，两个鬓角已经泛白。

男人主动问："小伙子，在哪儿工作呀？"

黎鸣掏出警官证，递给男人说："我在市公安局，这是我的证件。"

男人看了看他的证件，还给了他。

静了片刻，男人又问："小伙子，经常回家吗？"

黎鸣说："每周都回。"

"经常搭车？"

黎鸣点了点头。

"那，你为什么不坐客车呢？"

黎鸣说："要倒好几次车，不方便。"

"你每周都回家干什么？"

"看我的母亲。"

“你母亲一个人在家？”

“是的。”

“那为什么不接来一起住？”

“那得等分了房子，我现在还住着集体宿舍。”

男人再也没有说话。

到了该停车的时候，男人说：“别停了，还有时间，把他送回家。”

黎鸣说：“这怎么好意思？”

男人说：“这有什么？举手之劳。”

一直到了黎鸣的家门口，黎鸣下了车，对男人说：“真的谢谢您了！”

男人幽默地说：“这是应该的，你是为人民服务的，我是为你服务的。”

很快，黎鸣就把这件事情忘掉了。

一天早上，刚上班，局长一个电话就把黎鸣召到办公室。

局长问：“你是不是搭过省公安厅马厅长的车？”

黎鸣愣了一下后，马上明白过来，感觉要大祸临头了。因为，根据纪律，非公务行为，是不允许利用职务之便随便搭车的。

一瞬间，他的汗就下来了。他胆怯地看着局长问：“我……我是不是……给你惹麻烦了？”

局长“哼”了一声说：“瞧你这点儿胆，搭车时的胆哪儿去了？”

他羞愧地低下了头。

局长忽然拍了拍他的肩膀说："好了，没什么事。马厅长是和我一起开会时顺便提起的，他向我表扬了你，说你孝顺，每周两天的休班时间不去泡女朋友，不去休闲娱乐，而跑到农村去看望你的老母亲，现在的年轻人，很少有这样的了……"

黎鸣从此再也没有搭过车。

迷　局

徐小永大学毕业后，先是考了两年公务员，没考上，又考事业单位，还是名落孙山。他只好去企业打工，经常加班加点，才挣得一份微薄的薪水。

徐小永的家在一个小镇上，镇子是几百年的古镇，很有名。每逢双休，徐小永便坐车回家，与以前的同学好友喝酒玩耍。

镇子上有一家古玩店，店名很大，叫“博古斋”。店却很小，只有一间门脸，一个瘦瘦的外乡人整天守在店里。店里的生意也很冷清，半天见不到一个人出入。徐小永经常和老五、龙一凡、“骚狐狸”等几个中学同学在博古斋对面的小酒馆里喝酒。有一天，徐小永看着空无一人的街道，忽然有些替这个博古斋担心，生意如此惨淡，这个外地佬拿什么交房租、吃饭呢？他心里想着，竟然随口说了出来。

龙一凡瞪着一双红红的牛眼说："你可不知道这一行，'半年不开张，开张吃半年'，里面利头大着呢，这家伙，经常往老家汇钱，哪一年也得汇个十万八万的。"

龙一凡在镇信用社工作，他的话绝对有根据。

徐小永在心里吃了一惊！这个不起眼的小买卖，每年的收入竟然多他五倍，那他这个大学是白上了。

徐小永忍不住问："他整天在店里不出去，哪来的生意？"

龙一凡说："这老家伙在这里待了四五年了，附近几乎每个村子里都有他的'线人'，一发现有旧东西，就带他去看，他总是花很少的钱就把东西买下了，然后一倒手就赚大钱，而'线人'呢，也会得一定的好处。"

徐小永毅然辞了职。

徐小永大学学的正是考古，因为太过冷门，所以总找不到合适的单位。如果再在企业这么混下去，这一辈子也别想在城里买房了。

第一步，他买了很多文物鉴定方面的书，每天坐在家里死读。等读得差不多了，他又扛着一箱好酒，找到了他院中的三大爷。这样，他将博古斋的房子就转租了下来。那房子是他三大爷的，徐小永又不少给租金，他三大爷没有理由为一个外地人得罪他的侄子，就冷着脸将那个外乡人赶走了。外乡人搬走的那天，冲站在门口的徐小永深深地看了一眼，那一眼竟让徐小永打了个冷战。

用了不到一个月的时间，以前外乡人的那些“线人”，都被徐小永收到了麾下。

徐小永逐渐体会到了什么叫“开张吃半年”。他花二百元收的一个明青花瓷盘子，拿到省城搞古玩生意的同学那里，竟然卖了一万多元，这一笔就赚够了他以前半年的工资。有了钱，徐小永开始回报他的同学们。以前，喝酒总是别人买单，现在，他不但请龙一凡他们喝酒，还悄悄带他们到歌厅，很是逍遥快乐。

这年秋末的一个上午，石佛寺村的一个“线人”气喘吁吁地跑来，说他们村有一个菜农在屋后挖菜窖时，挖出了一个瓷坛子，让他赶快去看看。徐小永这时已经买了一辆二手的面包车，他拉着“线人”直奔石佛寺。石佛寺是个大村，离镇子也就五公里的样子，十多分钟就到了。那个菜农的家就在村子边上，靠近大街。他的后院是一片白菜地，菜农挖菜窖就是为了贮藏过冬白菜。徐小永把那件东西拿到手里，心跳顿时加快起来。凭直觉，这是一件明成化官窑烧制的青花团菊蝶纹盖罐，是件真品。他强压抑住激动，不动声色地仔细鉴别起来：胎质纯洁细润，胎体轻薄，如脂似乳，莹润光洁；釉质肥厚，光洁晶亮；用手抚摸，有玉质感。他又看了看罐底的落款，也对，是“大明成化年制”，根据他的专业知识，明成化官窑的瓷器，落款都是六个字，“大明成化年制”或“大明成化年造”，凡“成化年制”四字及“成化”两字款者大多为伪作。

他又将罐底对着太阳，从罐口透视，呈牙白色。种种特征都表明，这是个旧玩意儿。徐小永偷眼看那个菜农，五十多岁的年纪，极瘦，一脸的皱纹。菜农正在用铁锨翻一块菜地，丝毫没有注意徐小永。

徐小永将罐放在地上，用脚踢了踢，问:“大爷，您说个价，这个玩意儿要多少钱？”

那菜农头也没抬，边一下一下地翻着地，边说:“你是行家，看着给吧。”

徐小永见老头并不在意，就说：“一口价，二百块，不卖你就留着腌咸菜吧。”

那菜农仍没抬头，却撂下了一句狠话:“少了十万，不卖。”

徐小永吃了一惊，看来，这老头不简单呀！

徐小永问:“大爷，罐子是不错，可也值不了这么多钱呀？”

那菜农这才停止了翻地，冲徐小永笑说：“俺虽然不懂，可俺表弟明白，俺给他打过电话，他说了，少了十万不卖，他正给联系买主。”

徐小永又吃了一惊，他虽然不知道菜农的表弟是什么来路，但现在下乡收文物的多如牛毛，好不容易碰上一件，再让别人弄走，岂不亏了。更让他担心的是，据可靠消息，那个被他赶走的外乡人并没有走远，就在离这里最近的一个镇上落了脚，如果他得了消息，肯定会和他争。根据他的经验，这个罐子少说也值三十万，十万块钱买进，利润也非常大。

徐小永又尝试着压价，菜农态度却很强硬，少一分钱也不行。徐小永没有这么多钱，回去筹钱，又担心事情有变。没办法，他只得用车连罐子带菜农一块拉到了镇上。

这一年多，徐小永虽然挣了五六万块钱，但因整日喝酒泡妞，又刚买了车，手头上只有两万块。他到镇信用社找到同学龙一凡，又找了另一个同学作担保，贷了八万块钱，才把菜农打发走。

第二天一早，徐小永就开车到了省城文化市场，把罐子抱进他大学同学的店里。

同学仔细地观赏了一番，就问：“在哪儿收的？”

徐小永眉飞色舞地把收购过程描述了一番。

同学深深地叹了口气说：“怪不得你这么聪明的人也会上当，这法子确实高明。”

徐小永一怔，感觉到大事不好。

同学问：“你是不是得罪什么人了？一般情况下，同行竞争，不会轻易使用这种毒计。”

徐小永的脑子里，忽然闪现出外乡人那让他打了个冷战的眼神。

同学见他发愣，拍了拍他的肩膀说：“别心痛，你也算长了长见识，学了一招。留着这个玩意儿，什么时候也到乡下找个可靠的亲戚朋友，唱一出戏，没准儿能把钱再找回来。”

徐小永知道自己被那个外乡人算计了。但他不甘心，问同学：

“这叫什么计？”

同学笑了笑说：“这在书本上是学不到的，是古玩行里的一大发明，叫‘埋地雷’。”

白貔记

貔子，是兼有黄鼬和狐狸共性的一种动物，只在夜间活动，因多为白色，故也称“白貔”。

——题记

二十世纪六七十年代，鲁北平原一带多貔子。有关貔子的故事数不胜数。因故事中牵扯的人物，多是周围村庄的近邻友好，讲述者又言之凿凿，故不由人不信。

笔者村子东边，即是徒骇河，乃大禹治水时疏导的九条大河之一。历经数千年的大河，堤坝上丛林密布，灌木横生，暗藏着数不清的狐獾洞穴。一到夜间，这些生灵们便倾巢而出，四处活动。而堤上的土路，是村子直通县城的唯一出路，白天倒也太平，一到夜间，就会出现一些匪夷所思的怪事。

后村屠夫赵疤瘌，冬日晚，在十里铺帮人杀猪，完毕后又和雇者痛饮一场，回家时，已是深夜。行至徒骇河堤坝，忽闻啼哭之声。循声望去，月色朦胧之中，见一白衣女子正趴在路边的一座坟丘上低泣。赵疤瘌见她哭得可怜，就上前问道:“姑娘，深更半夜的，你怎么一个人在这里痛哭？”姑娘止住哭声，回转过头，小声说:“俺娘刚死，俺爹又续了弦，后娘心狠，把俺赶了出来，俺无处可去，只能在娘坟上哭诉。”赵疤瘌借着月光一看，见这姑娘肤如凝脂，双目妩媚，又想起妻已携子回娘家，顿心动，说:“姑娘要是真的无处可去，如不嫌弃，可跟俺回家。”姑娘当即点头应允，并千恩万谢。赵疤瘌将姑娘领回家中，一番云雨，好不快活。二日晨，邻人赵四来串门，见赵疤瘌在炕上酣睡，而一只通体雪白、双目通红的貔子，正立在一边，作欲扑之势。赵四惊呼:“畜生！”那物受惊，逾窗而去！赵疤瘌惊醒，忆起昨夜之事，恍恍惚惚，犹在梦中。

第二年，一个盛夏中午，赵疤瘌骑自行车外出访友，独行于徒骇河大堤上。忽见一白衣女子拦在车前，言:“大哥，能否捎我一程？”赵疤瘌见姑娘有些面熟，当即允诺，遂使其坐于后座。行不到二里，对面遇上同村刘某，刘某忽满面恐惧，喊:“屠夫！你后面是什么东西？”赵疤瘌回头，见一道白光跃下后座，随即隐于灌木丛中。而那白衣姑娘，已经不见踪影。问及刘某，刘某称见一貔子蹲在车后座上。赵疤瘌摇头不信。当日晚，赵疤瘌访友归来，行至午间遇刘某之处，见前面站一白衣女子，依稀就是白天所见。那女子故技重施，求赵捎他一程。赵疤瘌假意顺从，待女子上车，他一手握把，另一手入怀，掏出屠刀，朝身后就刺！女子惨叫声中摔下。赵疤瘌下车，见那刀已插入女子前胸。女子呻吟道："小女子只想和大哥嬉戏，并无加害之意……"言未毕，现出原形，原是一只白貔。赵疤瘌将白貔提回家中，剥了皮，卖与皮货商人，得人民币一宗。貔肉炖了一锅，家人俱享。二日深夜，赵疤瘌于梦中惊醒，见炕前立一白貔，龇牙咧嘴。遂从枕下取出屠刀，一刀刺去，那物惨叫而倒，声音有异。忙取出灯盏点亮，大痛，中刀者竟是六岁爱子。后全力救治，终因刀中心脏，不治而亡。后，赵疤瘌终日持刀在徒骇河堤坝上寻貔，日久，头发胡子皆白，长过尺，如同野人。后不知所终。

鲁北农村，家家都有养鸡之风，少则几只，多则几十只。笔者幼年丧父，家母为维持生计，每年均养鸡数十。然，无论鸡窝怎样加固，都难逃被野物祸害。鸡为求自保，将院中的两棵枣树作为栖息之地。每日傍晚，鸡们纷纷振翅，先飞上院墙，再飞上树梢。再有野物来袭，鸡们狂飞乱叫，母亲惊醒，大声呵斥，野物便纷纷遁逃。笔者十六岁时，自制一土枪。每日晚饭后，在里屋伏案读写。临睡前，土枪便架于窗台，枪口对外。一夏夜，笔者刚刚熄灯，还未入睡，忽听外面有鸡叫之声，透窗张望，见枣树下立一物，高约尺半，通体雪白，二目莹绿，如灯笼般游动闪烁。遂持枪在手，拉开枪栓。此时，母亲已起身过来，小声示意不要开枪。然为时已晚，笔者扣动了扳机，枪未响，但撞针之声惊动那物，倏忽不见。二日，笔者请教一资深猎者，猎者将枪缚于一棵树上，扳机上系一长绳，二人于五米外埋伏，拉动长绳，枪响，枪膛竟爆炸。笔者心有余悸，百思不解：是貔作祟？枪有瑕疵？无解。

具丘山记

我的出生地是山东省禹城县（1993年撤县设市）后邢村，村人不足二百。村子东傍大禹治水时疏通的九河之一——徒骇河，河的东岸就是县城。村西三华里处，有一土冢，名“具丘山”。相传，当年大禹治水时曾在此具丘为山，登此丘察看地形水势，留下了这个“高十仞、广倍之”的土冢，人称具丘山。

明代时，为纪念大禹的功德，当地官府在具丘山上修建了禹王庙。清康熙五十三年，知县曾九皋募资重修，并置办庙产、招募僧人。雍正二年，地方官吏重新改建，比之以前宏伟壮观，香火更盛。

笔者幼时，常和伙伴们一起去具丘山上玩耍。山虽不高大，但有密密的槐林，茂盛的花草，深不见底的洞穴，倒也有趣，常常乐不思归。有时，还见到持土枪的村民堵着洞口，点燃了野蒿草，用蒲扇往洞里送烟，俗称“熏獾”。有一年秋天，马庄村人马四擒住了一只獾。那獾肥实，全身的黑毛油光水亮。那物经不住烟熏火燎，从洞口蹿出来，就陷进了网里，被马四摁在了地上。据说，用獾肉炼的油可治烧伤烫伤，很灵。马四正满心欢喜，旁边一位割草的老者摇头叹息道：“作孽呀，祸害这冢上的灵物，要遭报应的呀！”马四不信，笑着将獾塞入背篓离去。不几日，马四在庄稼地里干活时，牛受了惊吓，把他踩在蹄下，一条腿落下了终身残疾。

很早以前，具丘山上的灵物们是与当地居民和睦相处的。一只受了枪伤的狐狸，被乡村医生邹先生治好后，患有不育之症的邹先生，忽然在自家的门洞里捡到一个大胖小子，这个典故笔者已经写进了短篇小说《像风一样消失》里，在此不再赘述。但我们村二木匠给狐狸精修房子的事，还鲜为人知。

我们村是远近闻名的木匠村，家家户户都有木匠。二木匠，是跟自家大哥学的艺，大哥是大木匠，他就是二木匠了。那还是刚解放不久，是个晚上，二木匠手里拿着锛，一个人走在回家的路上。木匠行有个规矩，出门干活，晚上回来时，其他工具都可以放在东家家里，只有锛，必须拿回来。这个说道，到底是个什么意思，没人解释得清。但有两种较靠谱的说法：一说是锛的刃如果钝了，比较难磨，放在东家家里，怕东家乱用，崩了刃；二说锛是木匠工具里刃最锋利、柄最长的，最适合防身。那时，出村干活是早出晚归，两头见不着日头，又都是靠步行，所以，手里拿个锛，可以防身壮胆。

二木匠喝了点儿酒，步行从具丘山的南边经过，他醉眼蒙眬中,忽见一老妇人,手提马灯,拦在路中。他握紧了手里的锛，惊问：“你干什么？”那妇人笑道：“别害怕，俺家里有点儿活，想劳师傅去辛苦一下，必有酬谢。”二木匠见天色太晚，稍有迟疑，后觉妇人言辞恳切，就应了下来。随老妇穿过一片高粱地，来到了一宅院门前。妇人道：“此门太过窄小，家人出入常挂破衣服，求师傅辛苦，把门改大一点儿。”二木匠见此门只有框，没有门扇，边框犬牙交错，凹凸不平，想也是穷苦人家的，就用锛把门框的四面都刨下了一点儿，又全部刨平。妇人千恩万谢，并塞给他一个精致的锦盒。二木匠归家心切，不及细看，就急奔回家。第二天一早，二木匠打开那个锦盒，里面竟是十块银圆。惊诧之余，感觉酬资太重，遂送回。待顺原路返回一看，他昨晚来的地方，竟然是具丘山，附近也没有宅院。正奇怪间，忽然发现具丘山半腰的一棵古槐下，有一个深不见底的洞口，而洞口盘根交错的树根，被削得整齐有加，碴口崭新。二木匠愣了一阵，将那钱撒在洞口，转身走了。

晚上，二木匠做了个梦，那个老妇人冲他笑眯眯地说:“师傅呀，咋就把钱退了哩？这是你应得的。”二木匠说：“这么多的钱，俺不敢要。”老妇人说：“那好吧，如果今后有了难处，就来这里找我，在树下点炷香，如果你看到树动了，就说出你的事来。”

第二天醒来，二木匠以为这不过是个梦，而那晚上的遭遇，可能是自己喝多了出现的幻觉，遂抛脑后。

不久，二木匠新婚。以前，村里办席，所用桌凳，都由村人拼凑。恰巧，这天日子极好，本村有三门喜事。二木匠一家告借全村，只借到办两席用的，离十席之数相差甚远。无奈之间，忽然想起了那个梦。别无良策，决定一试。当晚，二木匠悄悄来到具丘山，按老妇人的嘱咐，在那棵古槐树下燃起了一炷香。香未燃下半寸，那棵槐树竟真的无风自动。二木匠又怕又喜，战战兢兢地说了自己所需。槐树却恢复平静，他等到半夜，周围仍无声息，只得怏怏而归。当晚，那老妇人又出现在他的梦里，对他说："明天日头出来之前，可套车来取，一定要自己来！"二木匠点头应下，那老妇人才隐而不见。

第二天一早，二木匠醒来，虽对梦中之事半信半疑，但也不愿失信于老妇。就套上牛车，赶往具丘山。他赶到时，恰逢日出，朝阳之中，大批的桌椅整齐地码于古槐树下，细数，竟正是八席之数。

此后数年间，又有人仿效二木匠，前去具丘山借用桌凳，时灵验，时不灵验，凡不灵验之人，必是平日里奸猾刁蛮之辈。后经"文革"，山被挖，亭被毁，树被砍，再无灵验。

蛇杀记

钱如是，成功商人。女儿在国外读书，夫人伴读，自己独居郊外的一幢别墅里。

钱如是常年出入星级酒楼，吃厌了山珍海味，经常面对满桌佳肴，无从下箸。

一次去南方出差，偶尔尝到蛇宴，觉美味可口，归后仍念念不忘。但因北方人不吃蛇，各酒楼饭庄都不经营蛇菜。钱如是口馋难耐，竟想起了“自己动手，丰衣足食”那句名言。于是稍有闲暇，便持自制的蛇钳，手提藤篓，于田头沟沿上捕蛇。因当地无人捕蛇，蛇较多，钱如是每次出门均有猎获。北方无毒蛇，故无危险。

每次捕蛇回来，钱如是都亲自动手，剥皮、切段、洗净后，或红烧，或清炖，或辣炒，或黄焖，变着花样地做着吃，竟久食成瘾。

一初秋傍晚，钱如是在徒骇河堤下的草丛中寻蛇。忽见一大一小两条红花蛇正缠在一起嬉戏，遂伸钳挟之，先挟住了那条大蛇，小蛇慌忙往草丛深处遁逃。钱如是将大蛇放入藤篓，捂上盖子，疾步去追小蛇，小蛇并没跑远，追上，钳住七寸，捉了回来。他打开藤篓，正想将小蛇放入，不想，那大蛇竟猛然蹿出，夺路而逃！钱如是把小蛇扔进篓内，捂严盖子，又去追大蛇。大蛇游动极快，几次下钳都没钳住，便挥钳砍之，竟砍下五寸多长的一截尾巴，那蛇负痛之下，游得更快，几下钻进草丛不见了。钱如是又寻良久，未果，只得捡起那截蛇尾，悻悻而归。

当晚，钱如是将小蛇处理干净后辣炒了一盘，自斟自饮了一瓶干红，酣然入梦。二日晨，忽忆起昨天的那截蛇尾，便想拿来剥皮剁了，暂存冰箱，待再抓住蛇时一起烹了。不想，蛇尾竟然不翼而飞了。哪儿去了呢？钱如是不喜宠物，只养了一条德国黑背，用铁链拴在院子门前，无法靠近厨房。钱如是因是独身生活，对安全尤为注意，每入室均随手关门，睡前检查门窗锁，野猫野狗更难入内。正犯疑惑，电话铃响，接完电话，他匆匆出门，去见一重要客户。蛇尾之事，遂忘。

一日晚，钱如是在睡梦中，感觉有人在勒自己脖颈，惊醒后，按亮床头灯，见一条大红花蛇正缠在自己的脖子上，他顿觉魂飞魄散，拼命用双手掰扯，但蛇身油滑，用不上力，他便摸索着用力捏住蛇头狠攥，欲逼蛇松劲，蛇却勒得更紧，他眼前一黑，万事皆休。

钱如是醒来，已是第二日中午。那蛇还在他的颈上缠绕，却软而无力了，他在生命的最后时刻杀死了蛇，并缓了过来。将蛇掷于地上，细看，蛇尾巴五寸处，有一圈明显的接痕，忽回想起那段丢失的蛇尾，顿心下骇然：蛇竟然找到这里自行续上了断尾，生命力太顽强了。

钱如是将死蛇丢在厨房的地上，开车去外面参加一饭局。

下午归来，他来到厨房，想把那条蛇剥了，伸手一提，轻飘飘的，竟是一张蛇皮。

钱如是冷汗袭身，蛇竟缓过来，跑了。他知道，那条蛇是来复仇的，它不会轻易放过自己。自此，每到晚上，钱如是便心惊胆战，不敢睡觉，他一闭眼，就觉那条蛇又缠上了脖颈。只好经常请朋友来家里喝酒、搓麻将，用各种理由留朋友住下来，为自己壮胆。

冬日来临，钱如是终于松了一口气。他知道，蛇是要冬眠的。

钱如是恢复了正常生活。

钱如是死于第二年的夏天。他的颈处有明显勒痕，警察便断定他是被人勒死在床上的。但门窗都锁得完好，没有一点儿被破坏的迹象。现场亦没有任何痕迹，侦破工作受阻。

此案一直悬而未破。

逃逸记

鲁北商人严士高，爱好驾车，虽腰缠万贯，却不聘司机，自驾宝马出入各种场合，酒后驾车已成家常便饭。

一夏夜，严士高连赶了两个酒场，饮酒过一斤，归时，已是晚十点有余。行至徒骇河堤上，酒意上涌，醉眼蒙眬，仍勉强支撑。忽听一声惨叫，极其凄厉。忙踩刹车，下车借灯光一看，一女孩倒在车前，满脸鲜血。顿大惊，酒意已去半。他蹲下身子，仔细观望，见女孩上穿黑色西装，系红领带，下身着一黑色短裙，胸前佩戴一标牌：万春大酒店领班黄盈盈。严某激烈思索一番，终不想承担酒后肇事之重责，瞅前后无人，遂驾车逃逸。

几日后，严士高外出应酬晚归，行至城乡接合部一荒凉路段，忽见车前方现一行人，急踩刹车，按下窗玻璃，正想叱责，见前方竟空无一人。他将车灯全部打开，不断变幻远近灯光，氙气大灯将路面照得亮如白昼，仍不见人影，疑是花眼，遂上车继续前行。刚刚提速，那人又出现在前面，依稀是一女子，穿黑色短裙，着黑色西装。他连连摁动喇叭，那女子却依然慢慢行走，并不避让。他将车刹住，下车，正欲谩骂，人又消失。他再次上车，刚将车启动，那女子又现车前，轻飘飘地行走在马路中央。严士高已觉有异，决定从一侧绕过女子。不想，那女子犹如背后长了眼睛，严车靠左，她靠左；严车靠右，她靠右。严再下车欲与之理论时，人又消失。如是三番，严士高怒而生恶，加大油门，朝那女子后背撞去！一声巨响，那车竟撞在一棵大树之上，严士高从前挡风玻璃甩出，顿时魂归西天。

第二日晨，出现场的民警看到一辆宝马车撞瘪在一棵大杨树上，车主被甩在路边的一座新墓前，尸已僵硬。墓前立有一碑，碑上有字如斯：爱女盈盈，年方二十，夜遇车祸，身负重伤，贻误抢救，不治身亡，为父心碎，立碑纪殇。立碑人：黄××。

杀猪记

1993年早春，清晨，和敬民兄去田庄买猪。昨天敬民已经联系好，与卖主谈好了价钱。

见了那猪，我吃了一惊：那猪大似牛犊，鬃毛又粗又长；嘴长过尺，左右各有一颗獠牙兀出，白得有些阴森。离得近了，一股浓重的骚臭之气直逼过来，几欲作呕。这是一头六岁的种猪，已到了退役的年限。主人为便于它平日的交配，自幼年便在它脖子上系了一副铁链，那铁链一半被它磨得锃亮，离它远的那一半，却锈迹斑斑，还粘了些许粪便。交了钱，敬民顺手将铁链子一牵，我在后面拿根秫秸赶着，猪便顺从地跟着走了，铁链子叮叮当当响了五六里路，竟没有一丝挣脱的举动。

它当成了平日里去行那传宗接代的好事，安能不从？

屠宰便在敬民家里。将铁链缠在一棵榆树上，勒紧。而后，我们在猪的右侧蹲下，敬民在前，我在后，互相交换眼神之后，共同疾伸双手，我抓两只后蹄，敬民抓两只前蹄，共同发力，往横里一拽，那猪先是右边的两蹄子离地，而后庞大的身子訇然侧倒。猪这才警醒，然而，为时已晚，它虽力大，但四蹄朝天，蹬不到地，千斤之力也无从发起，只能拼命号叫，对天乱踹。不消片刻，二人将猪的前、后两蹄各用麻绳绑紧。我摁住猪的后半身，敬民用膝盖压住猪头，左手抓住猪下巴，用力一掰，猪脖子露了出来。随后，敬民就拿起了刀，那刀窄长，锋利。敬民右手持刀，刀刃朝外，运力，将刀插入猪的咽喉，刀只进去半寸，已插不动。猪拼命挣扎，眼看已按不住。敬民满脸大汗，右手加力至发抖，刀仍不进。猪痛，一声大号，竟翻过身来，二人均被甩在一边。那猪的四蹄一着地，只三两下，便将麻绳挣断，遂冲我扑了过来！缚它的铁链也应声而断！猪来势甚猛，两眼已现血光。我大惧，见一鸡窝依墙而垒，遂纵身跃上，稍一缓力，又跃上土墙，刚刚坐定，那鸡窝已被猪踩塌。猪接着撞击土墙，因土墙多年受潮受碱，墙根多处已经碱透，十分薄弱，被撞之下，竟剧烈晃动起来，差点将我闪下墙头。敬民于惊惧中醒来，抄起一铁锨，朝猪脑袋上猛拍一锨！那猪一声哀号，转身又朝敬民扑去！我从墙头跳下，寻了一把镢头，对准猪头乱砸。那猪见二人都抄了家什，不再攻击，围着院子逃窜。但大门早已锁好，猪无路可逃，周旋空间又小，便发狠，不顾我们手中的家什，向我二人轮番攻击！二人竟不敌，敬民躲闪之下，脚下一绊，仰天跌倒。猪欲扑，我持镢横在敬民身前，瞄准猪太阳穴，用力一击！正中。猪终于晕了，摇摇晃晃倒下。敬民翻身爬起说：“快快！乘它没醒。”重新将猪绑好，合二人之力，将刀插入猪之咽喉，血疾喷而出，喷出五尺有余！腥臊之气随之漫开。敬民几次欲呕，其妻拿一毛巾，给他蒙了嘴，才敢接近那猪。随后，卸蹄、斩头、削尾，敬民是老手，持刀在猪蹄、猪脖、猪尾的骨缝间游走，庖丁解牛般，只用五六分钟的时间，便已拾掇利索。接下来是剥皮，我持剥刀，先从咽喉的刀口处行刀，沿胸肚正中一路挑下去，直至肛门，挑出一条白花花的中界线。我和敬民各站一侧，从猪肚皮的中界线开始分别往两边剥皮。猪皮足有半寸多厚，抓到手里，直硬，弯不过来，且不能握紧，与以往所剥猪皮的柔软完全不同。敬民叹：“怪不得刀捅不入，这家伙简直是铜皮铁骨。”只好让刀离皮远点，贴着肉走，方能剥开。耳闻“扑扑”之声，如割老草。待剥毕，摊开，好一张大皮，如一床毛毯。剥了皮的猪通体雪白，仰卧皮上，如同雪堆。稍事休息，遂用铁钩挂住猪后臀，欲用撬棍将其挂上横架，但是猪太重，二人气喘如牛，多次尝试而不成。遂唤敬民嫂，外出请两名青壮帮工，方才将其倒挂上架。开膛，依然是从肚皮开始，用尖刀轻划，恐伤及内脏肠肚。划至胸，一大砣肠竟溢出，欲坠。敬民将刀叼在嘴里，双手抓住大肠的尾处，用力一扯，一挂下水倾泻而出，落在地上的大盆里，腾腾地冒着热气，散发出淡淡的腥味。下水和心肝肺之间，尚存一层膈，敬民取刀，伸入膛内，左右各划一刀，耳闻哧哧之声，膈顿开。伸手入内，一掏一拽，一套心肝肺带着残血，连带着气嗓管子被卸了下来，随手丢在一个净盆里。

最后，需将猪肉分成均匀的两片。我站在猪的背面，左手把住猪腿，使其稳定，右手持砍刀，先轻轻浅砍一刀，在尾骨中间砍出一道豁口，然后，握紧了刀，对准那道豁口垂直砍下，一刀下去半尺，刀口正在脊椎中间。敬民赞："真准。"随后一鼓作气，又砍数刀，终将猪肉分为两片。从刀口处看，猪通体只有薄薄一层白肉，如同棉絮，里面包的，全是红肉，肉丝粗赛牛肉。敬民说："这猪年头太久，普通人家，不易使其熟烂，只有送到火腿厂，高压高温焖熟灭菌，方可食用。"我亦不想到市场去卖，招致食用者恨骂，遂同意。二人将两大片猪肉抬上三轮车，送到了火腿厂。结算完毕，刨去成本，每人得人民币百元有余，相当于普通工人一月薪水。都大喜，且天已近午，就近入一饭馆，点豆芽、豆腐各一盘，伴地瓜烧一斤下肚，烂醉而归。

那头种猪五百余斤，在我杀猪生涯中，堪称杰作。后来我弃刀从文，弄墨二十余年，也未能有杰作超越。

送你一缕阳光

那是1985年隆冬的一个凄冷的日子。我在凛冽的北风中徘徊在县城的新华书店门口。那一天没有太阳，天阴阴的，正如我那时的心情。

我终于咬着牙迈进了书店。其实我蓄谋已久，我看好了柜台里的一本书，就是那本著名的《钢铁是怎样炼成的》。放那本书的玻璃柜台正好碎下了一个角，而那个角正好在外面，恰容一只手伸进去。几天前，我在看到那个缺孔的一刹那间已经打定了某种主意，只是控制着，不肯付诸行动。当我乘店里人多，终于将一只颤抖的手伸进去的时候，尽管在心里反复念叨着“偷书不为窃也”的那句歪理名言，仍有一种犯罪感深深地浸透了我。幸好，没人发现，我将那本书快速地抽出来揣在了怀里，心狂跳不止。我见周围并没有人注意我，就装作若无其事的样子慢慢逃离了现场。

出了书店的门，一种大功告成的成就感使我几乎跳起来。但就在这时，一只大手不轻不重地拍上了我的肩头，刹那间，一种天要塌下来的感觉使我心如死灰。我跟那个人来到了一间办公室里。那是个三十多岁的男人，有些胖，戴着一副宽边眼镜，脸很白，头发乌黑且一丝不乱。“我……我很喜欢这本书，家……家里没……没……”我把那本书放在面前的写字台上，语无伦次地解释着。但后来我才发现那个人自始至终一句话也没有说，只是对我微笑着，是那种宽厚的微笑。等我不再解释了，他才对我说:“这本书要放回去的，你自己再去买一本吧。”说完，他递给我一张两元面值的人民币。我没有接，自小倔强的我感到自尊心受到了莫大的伤害。我呆了一呆，忽然转身跑了出去。

顶着寒风，我在阴暗的路上匆匆走着，心情十分沮丧和惭愧。离书店很远了，忽然有一个骑自行车的人超过我后在我面前停了下来。我一看，正是抓我的那个人，心里一阵慌乱。那人支好自行车，将一本书递过来说：“拿上吧，我已经为你付了钱。”一时间，我不知所措，也不敢去接那本梦寐以求的书。那人将那本书拍到我的手心里，并顺势摸了摸我的头。我抬头看他，见他仍然微笑着，用充满宽容的目光看着我，乌黑的头发已经被风吹乱。一瞬间，我感到一股暖融融的东西从心底升腾起来，并在他的目光里感受到了一缕灿烂的阳光。我没有再犹豫，将那本书紧紧地抱在了胸前。那一年，我十四岁。

自此，每次走进书店，我总感觉有一缕阳光在温暖地照射着我，使我想起那双宽容的目光。不知从何时起，一向性情暴躁的我开始以宽容的目光对待事物了。我想，我是否也想成为别人心头的一缕阳光呢？

1999年10月，我去上海参加一个笔会。在离开的前一天，我和一位山东老乡搭伴去南京路附近的一家书店买书。那家书店叫“南方书店”，四层楼。逛了一个多小时，我选了十几本书，然后在门口交了钱，就准备回下榻的宾馆。刚出了书店的门，就听门口的警铃尖厉地响了起来。一个保安随即将正从门口经过的一个女孩拦住了。那个女孩有十七八岁，穿着一身旧运动服，一看就是在校学生。她红着脸从她的书包里拿出了一本书，交到保安的手里。这时，我已经走到她的面前，我对保安说，对不起：“我们一起的，她忘了交钱。”说着话，我将一张五十元的票子塞到那个保安的手里。也许是我手里提着一摞价格不菲的书的缘故，尽管他有些怀疑，但还是让我替那个女孩补交了书款，这件事就不了了之了。出了书店，那个女孩过来给我深深地鞠了一躬，一句话也没说，就红着脸匆匆忙忙地汇入了人流中。

回来的路上，老乡问我：“你这叫啥？见义勇为还是英雄救美？”我笑了笑，什么也没有说。

也许，那本书，能成为那个女孩心头的一缕阳光。

生命的消失

厉求良看到那只狼的时候，他唯一幸存的伙伴陈小米正背对着狼坐在沙地上，从脱下来的旅游鞋里往外控沙子。

此刻正是黄昏，整个巴丹吉林沙漠静如处子。金黄色的夕阳柔和地洒在金黄色的沙漠里，使空气和光线都格外地浓重和华丽。

厉求良下意识地抓起了身边的拐杖，那是一根胳膊粗的胡杨木，沉重如铁，坚硬如铁。狼充满戒备地看了他一眼，又看了他一眼，慢慢地向陈小米逼近了。狼快接近陈小米的时候，恰好遮住了西照的阳光，狼在厉求良的眼里就成了一个通体发光的轮廓，像一幅图腾。厉求良心念一动，放下了拐杖，他一边缓慢地往后挪动着身子，一边从挎包里取出了照相机，安上长长的镜头，对准了狼和陈小米。

厉求良是一个小有名气的摄影家，但他的名气仅限于他工作和生活的那个城市里，出了那个城市，就没人知道他了。他已经年近五十了，还没有拍出过一幅让自己满意的作品，没有在正规的全国摄影作品比赛中拿过一次奖，这让他十分苦恼。他把作品的平庸归罪于自己平庸的日常生活，正是基于此，当他在省报上看到一家旅游公司组团去巴丹吉林大沙漠进行探险旅游时，就不假思索地报了名。他想，大漠旖旎的自然风光一定会给自己带来素材和灵感。但是，当他一路舟车劳顿深入到大沙漠中时，他感到了失望。他所看到的，全是在一些旅游挂图和图片库中经常看到的景色，毫无出奇之处。更糟糕的是，当他正准备无功而返时，却遭遇到了铺天盖地的沙漠风暴。风暴过后，他艰难地从沙子中爬出来，发现全团十几个人，只剩下他和一个叫陈小米的年轻人了。其他的人，连一丝头发也不见了。

他和陈小米在沙漠里已经跋涉三天了。三天来，他们已经熟悉得像多年的老友。陈小米刚刚三十出头，却是一个成功人士了，他的公司同时在供给着十个贫困大学生的学费和生活费，在当地也是很有名气的。

这已经是风暴过后的第三天傍晚了，他们身上的水也喝完了，如果明天再走不出去，那就只有葬身于大漠了。

陈小米已经抬起了头，看到厉求良正用镜头对着他，就笑了，露出了一口洁白的牙齿。

厉求良的手剧烈抖动起来。

陈小米好像感觉到了来自背后的危险，他将头扭向背后。

一刹那间，狼准确地衔住了陈小米的咽喉……

厉求良按动了快门，嚓、嚓、嚓……

整个过程，厉求良拍了二十多张，直到把相机里的胶卷全部用完。

狼走了，留下了陈小米残缺不全的躯体，和呆若木鸡的摄影家厉求良。

第二天，厉求良遇到了另外一支探险队，他获救了。

在这一年的全国摄影作品评选中，一组题为“生命的消失”的作品获得了自然类一等奖，但是，获奖者迟迟没有露面。后经与其单位联系，才得到一个令人震惊的消息：获奖者厉求良在接到获奖通知的第二天就失踪了，他留在自己的办公桌上一张纸条，上面只有两句话：沙漠圆了我的梦想，我要在那里长眠。